KB096521

땅거미 질 때
샌디에이고에서
로스앤젤레스로
운전하며
소형 디지털 녹음기에
구술한,
막연히
LA/운전
시들이라고
생각하는
작품들의
모음

땅거미 질 때
샌디에이고에서
로스앤젤레스로

운전하며
소형 디지털 녹음기에
구술한,
막연히

LA/운전
시들이라고
생각하는
작품들의
모음

정지돈
연작
소설집

작가
정신

차례

땅거미 질 때 샌디에이고에서 로스앤젤레스로 운전하며 소형 디지털 녹음기에 구술한, 막연히 LA/운전 시들이라고 생각하는 작품들의 모음 움직임이라는 있는 그대로의 사실이……

그저 A에서 B로 가는 문제인 경우는 드물다.

_팀 크레스웰

수은주는 42.6도를 찍었고 부르동 거리에는 사람이 없었다. 나와 엠의 집은 파리 10구와 11구 사이에 위치한 아르투르 거리에 있었다. 파리에 도착한 지 며칠 안 된 어느 날 엠은 술에 취했고 매우 신이 나서 생마르탱 운하 주변을 뛰어다녔다. 그는 폭염 따위는 개의치 않는 것 같았다. 반면 유럽인들은 넋이 나간 듯 보였고 사요궁 앞의 분수대는 수영장으로 변했다.

나는 산책자에 관한 소설 겸 에세이를 구상 중이었다. 그걸 쓰기 위해 파리에 온 건 아니지만…… 그걸 쓰기 위해 파리에 온 것으로 위장하고 있었고 만나는 사람들에겐 루이 아라공이 어쩌고저쩌고하는 이야기를 늘어놓았다. 루이 아라공에 대한 애정이 전혀 없었기 때문에 원고는 진척이 없었다.

1. 런타임 에러

내가 소설을 좋아하지 않는 이유는 소설이 걷는 것을 묘사하기에 적합하지 않은 매체이기 때문이다. 시 또한 마찬가지다. 시는 걸음을 영원한 행위로 만든다. 또는 순간으로.

걷는 것과 뛰는 것은 함께 존재해야 한다. 동시대 문명의 문제는 걷는 것과 뛰는 것을 분리한 것에 기인한다. 걷는 곳에서는 뛸 수 없고 뛰는 곳에서는 걸을 수 없다. 걷는 복장으로 뛸 수 없고 뛰는 복장으로 걸을 수 없다. 그것은 위반이거나 수치, 비효율과 무능력이다.

걸음의 장면 하나.

플로베르의 『감정 교육』에서 프레데릭은 한 여자를 두고 결투를 한다. 19세기의 유럽 사회에서 결투는 드물지 않은 일이었다. 역사적으로 많은 어리석은 남자들이 결투로 죽었다. 푸시킨, 갈루아 등등…… 프레데릭이 연적 씨지와 결투를 하기로 결심한 곳은 불로뉴 숲이다. 내가 엠과 불로뉴 숲에 도착했을 때 사람들은 상의를 벗고 선탠을 하거나 조깅을 하고 있었고 숲 사이의 도로에는 루이비통 파운데이션의 은색 셔틀버스가 지나다녔다. 엠과 나는 호수 근처에 스트라이프 비치 타월을 깔고 앉았고 로베르 브레송의 〈불로뉴 숲의 여인들〉에 대해서 이야기했다.

봤어?

아니.

나도.

프레데릭과 씨지가 결투 장소로 가는 걸음을 플로베르는 이렇게 묘사한다.

드물게 통행인이 스쳐 지나갔다. 하늘은 파랗고 때때로 토끼가 뛰는 소리가 들려왔다. 어떤 오솔길 모통이에서 마드라스 깅엄 옷을 입은 여자가 작업복 차림의 남자와 잡담을 하고 있었고, 넓은 한길의 마로니에 나무 아래에서는 무명 상의를 입은 마부들이 말을 산책시키고 있었다. 씨지는 밤색 애마에 올라앉아 코안경을 끼고 무개 사륜마차 옆에 바싹 붙어 가던 행복했던 날들이 생각났다. 이 회상은 그의 고뇌를 더욱 깊게 했다. 참을 수 없는 갈증에 목이 타는 것 같았고, 파리의 윙윙대는 소리가 동맥의 고동 소리와 섞여 들리며, 발이 그대로 모래땅 속으로 빠져드는 것 같았다. 그는 자기가 아득한 옛날부터 계속 걸어온 것 같은 착각에 빠졌다.

이만희 감독의 〈휴일〉은 1968년에 만들어졌으나 군사 정권은 퇴폐적이라는 이유로 상영 금지 처분을 내렸다. 영화는 잊혔다가 — 정확히 말하면 기억된 적이 없고, 2005년 8월에 필름이 발견되어 세간에 알려졌다. 줄거리는 간단하다. 주인공 허욱은 사랑하는 여자인 지연이 임신 중절 수술을 받는 동안 병원을 나와 룸살롱에서 만난 여자와 술을 마신다. 그는 공사장에서 그녀와 사랑을 나누다가 교회 종소리에 뒤늦게 정신을 차리고 병원으로 향하지만 빚을 졌던 친구를 만나 폭행을 당하고, 뒤늦게 도착한 병원에서 지연이 수술 도중 사망했다는 소식을 듣는다. 허욱은 병원을 나와 서울의 밤거리를 달린다. 신성일의 얼굴 너머 도시의 간판이 겹치고 인서트로 지연과의 기억이 스며들어 온다. 무능하고 부도덕한 남자들의 달리기는 비정한 현대 도시 위에 낭만화된다. 기억해야 할 것은 카메라가 달리고 있는 신성일의 몸 전체를 드러내지 않고 얼굴만을 비춘다는 사실이다. 그의 달리기는 얼굴이 보여주는 슬픔에 귀속된다.

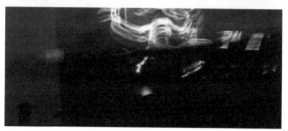

러닝타임은 영화의 상영 시간을 의미한다. 런타임은 컴퓨터에서 프로그램이 실행되고 있는 동안의 동작을 의미한다. 영화는 본래 형식상 이동적이기 때문에 movie라 불린다. 시네마*Cinema*와 독일어로 영화를 뜻하는 키노*kino* 모두 움직임을 뜻하는 그리스어 kinesis/kineticos에서 유래했다. Motion Pictures.

소설에서 러닝타임은 가독성이다. 다시 말해 소설의 러닝타임은 가변적이며 수신자에게 속해 있지만 전적으로 그들의 몫인 건 아니다. 이것을 해방의 기획으로 사용하는 사람은 옛날 사람인 동시에 엘리트주의자이며 이것을 참여의 기획으로 사용하는 사람은 옛날 사람인 동시에 시장주의자이다. 정치적 기획은 다수를 향하며 예술적 기획은 소수를 향하지만 이것은 아카데미화하거나 산화할 수밖에 없다. 정치적 기획으로서의 예술과 예술적 기획으로서의 정치는 그의도와 무관하게 해당 장르가 향하는 곳에 도달한다.

이른바 정치적 기획으로서의 예술이 시장성과 대중주의를 담보하지 않고도 스스로의 힘으로 살아남을 수 있을까. 가독성/러닝타임의 자유 속에서 아카데미와 소멸이라는 결과에 이르지 않기. 열여섯 시간짜리 영화의 극장 상영, 여덟 시간짜리 연극의 공연. 레프 도진의 작품은 뻔뻔한 클래식에 불과하지 않나. 엠은 넷플릭스에 열 시간이 넘는 작품이 수두룩하고, 〈기묘한 이야기〉 새 시즌이 오픈하면 사람들은 한자리에서 여덟 개의 에피소드를 본다고 말했다. 반면 베를린의 극장에서 열 시간이 넘는 영화를 보기 위해선 12유로짜리 티켓 네 장을 끊어야 해……. 미술관에서 러닝타임이 긴 영상을 상영하는 치들은 뻔뻔한 사기꾼이고. "유명 현대 예술가들의 제스처 인생." 그러므로 러닝타임은 목표 지향적 직선 운동의 포로에 지나지 않는다. 다시 말해 서사의 스톡홀름 신드롬.

2. 제논의 역설

마블 페이즈 2에서 가장 결정적인 영화는 2014년에 만들어진 〈캡틴 아메리카: 윈터 솔저〉다. 넷플릭스는 〈윈터 솔저〉를 이렇게 소개한다. "정의를 위해서라면 언제든 싸울 준비가 되어 있는 남자. 하지만 세상은 달라졌다. 정의와 불의의 경계가 흐릿해진 세상. 그는 도대체 누구를 믿어야 하는가."

이래서는 무슨 영화인지 알 수가 없잖아. 엠이 말했다. 엠은 마블 영화를 좋아하지 않았고 파리에서 마블 영화를 보는 것을 이해하지 못했다. 못해도 자비에 돌란 정도는 봐야 되는 거 아니야? 엠이 말했고 나는 자비에 돌란을 볼 바엔 두 눈을 찌르는 편을 택하겠다고 말했다.

마블은 이성애자 남성 위주의 영화 관람 행태를 개선하기 위해 의식적인 노력을 기울이는 스튜디오다. 〈캡틴 마블〉은 그래서 탄생했지만 엠은 〈캡틴 마블〉도 좋아하지 않았다. 하지만 〈윈터 솔저〉를 보고 나면 좋아하지 않을 수 없을 거라고 나는 엠을 설득했다.

성조기가 그려진 스판덱스를 입고 다니는 금발 백인 남성(게다가 군인)인 캡틴 아메리카는 태생적 보수성 때문에 마블 시리즈의 골칫거리였다. 시나리오 작가 크리스토퍼 마커스와 스티브 맥필리는 캡틴이 문제라는 사실에 동의했다. 네오콘 말고는 아무도 캡틴 아메리카에 향수를 느끼지 않아. 심지어 클린트 이스트우드가 진보적이라고 느껴질 정도야. 프랜차이즈의 새로운 감독이 된 루소 형제는 말했다. 우리는 첩보물을 원해, 1970년대 스타일로! 몇 달 후 제작자인 케빈

파이기는 결정을 내렸다.

그때 우리는 필라델피아 미술관의 카페에 있었죠. 록키 동상이 보이는 자리였어요. 크리스와 스티브, 뇌가 연결된 사람처럼 번갈아가며 말한다. 케빈에게 전화가 왔어요. 우리는 이게 결정적인 전화라는 걸 알았죠.

좋아. 이제 쉴드를 무너뜨릴 준비가 된 거 같아!

그들이 선택한 방법은 미국으로 미국 공격하기, 금발 백인 남성(크리스 에번스)으로 금발 백인 남성(로버트 레드퍼드) 공격하기였다. 그러므로 어벤져스의 주요 시설인 쉴드와 캡틴의 갈등은 필연적인 결과였다. 미국이 경찰국가가 되었음을 인정한다, 그러나 미국은 자유의지로 그러한 문제를 극복할 능력이 있다, 자유주의 휴머니즘의 재탕, 다시 말해 눈 가리고 아웅하기(조지 부시→버락 오바마→도널드 트럼프).

그래서 간단히 하면, 캡틴 아메리카의 주제는 달리기야. 내가 말했다. 나와 엠은 마레 지구를 산책하고 있었다. 날씨는 변덕이 심했고 언제 폭염이었느냐는 듯 선선한 바람이 불었다. 새티스파이*Satisfy* 러닝 팬츠를 입은 사내가 우리 곁을 스치고 지나갔다. 컬이 들어간 장발이 휘날렸고 땀 냄새인지 향수 냄새인지 모를 향기가 후각을 자극했다. 그는 엠에게 윙크를 했고 엠이 반응할 틈도 주지 않고 사라졌다.

An ode to the American road trip, RUN IN PEACE captures a sense of solitude found only in miles of endless highway. It is here, in the vast openness of the prairies and salt flats that we are reminded of the wayfaring of an outsider.

Like the vagabonds before him, the solo long-distance runner finds respite in solitude, where The High is finally within reach.

　　나는 이상하게 들릴지 몰라도 모든 게 연결된다고 했다. 크리스와 스티브처럼, 안소니 루소와 조 루소처럼 달리기와 휴머니즘이 연결되고 자유주의와 리얼리즘이 연결되고 합쳐서 자유주의 휴머니즘, 그리고 캡틴 아메리카. 발터 벤야민이 산책에 집착한 건 공산주의자라서 그렇고 그러므로 산책을 휴머니즘과 연결시키는 모든 철학은 오류다, 결국 이 이야기는 포스트휴먼과 신체, 인종차별과 여성혐오, 엔트로피와 특이점에 이르게 될 것이다…….

　　이게 내 빅픽처야…….

　　좀 철 지난 이야기라고 생각하지 않아?

　　엠이 말했다.

너무하네…….

안 보여? 엠이 주위를 가리켰다. 파리는 라임*Lime*에 점령됐어. 공유경제가 턱밑까지 치고 들어오는데 플라뇌르 이야기나 하고 있을 거야?

엠의 말처럼 파리는 공유 킥보드로 가득했다. 바구니에 바게트를 실은 자전거는 찾을 수 없었다. 이제 사람들은 힘들게 페달을 밟지 않고 자기 차를 소유하지도 않고 걷지도 않는다. 정거장도 필요 없고 주차장도 필요 없고 아케이드도 필요 없다. 영국 일간지《인디펜던트》는 라임을 다룬 기사의 첫 머리를 이렇게 장식했다. "거리의 무정부주의자들!"

이동 수단은 정치 체제다. 대의민주주의와 국민국가는 공유경제로 인해 와해될 것이다.

대신 거대 기업이 세계를 통합하고?

일론 머스크는 2020년에는 로보택시*Robotaxi*를 운영할 수 있다고 자신했다. 곧 5단계 자율주행 자동차가 상용화될 겁니다. 더 이상 핸들에 손을 댈 필요가 없어요. 이제부터 테슬라가 아닌 다른 차를 사는 건 완전히 미친 짓이죠, 차를 두고 말을 사는 것과 다름없다니까요. 물론 일론 머스크는 2020년이 되면 2021년에는 자율주행차가 상용화될 거라고 말할 것이다. 2021년이 되면 2022년에는 될 거라고 말할 거고. 그러므로 특이점은 거북이다. 우리는 아킬레우스.

몇 달 전, 테슬라의 오토파일럿 기능을 사용한 남자가 교통사고로 죽었다. 오토파일럿은 운전자가 죽은 후에도 한참을 작동했고 자동차는 시체를 태우고 고속도로를 달렸다. 어떻게 그럴 수가 있느냐고? 끔찍한 일이라고? 그렇지 않다. 문제는 간단하다. 운전자가 죽어도 자동차가 움직이는 데 문제가 없으니까, 자동차는 움직이는 것이다. 중요한 건 왜 움직이느냐가 아니야. 움직일 수 있느냐 없느냐라고. 움직일 수 있다면 움직일 이유가 없어도 움직인다. 윌리엄 제임스, "우리는 슬프기 때문에 우는 것이 아니라 울기 때문에 슬픈 것이다." 메이예르홀트, "우리는 무서워서 달리는 게 아니라 달리기 때문에 무섭다." 질문. 13인의 아해는 달리기 때문에 무서운 것일까, 무섭기 때문에 달리는 것일까?

〈캡틴 아메리카: 윈터 솔져〉는 조깅으로 시작한다. 캡틴 아메리카를 상징하는 행위는 달리기다. 그의 달리기는 날거나 순간이동 하는 인물들 사이에서 독보적이다. 그것은 초라한 동시에 인간적이고 역동적인 행위이며 육체적인 행위이다.

그와 대조적으로 캡틴 아메리카의 적인 시베리아산 사이보그 윈터 솔져는 절대 뛰지 않는다. 〈휴일〉의 신성일은 뛰지만 카메라는 뛰는 몸을 드러내지 않는

〈 캡 틴 아 메 리 카 : 윈 터 솔 져 〉

다. 이 자기비하적이고 여성혐오적인 인물에게는 신
체가 없고 그러므로 자유도 없다. 그는 철저히 모더니
즘적이다. 반면 캡틴 아메리카는 리얼리즘적이고 윈
터 솔져는 사회주의 리얼리즘적이다.

　　신체 1. 건강한 신체에 건전한 정신: 캡틴 아메리카

　　신체 2. 허약한 신체에 불건전한 정신: 신성일

　　신체 3. 이상한 신체에 정신 나간 정신: 윈터 솔져

　　걷는 자 윈터 솔져는 최면 기술로 인해 자유의지
를 상실한 꼭두각시다.* 러시아=파시즘. 마블은 여기
에 기계라는 요소를 하나 더 얹는다. 기계는 안티 휴머
니즘이며 파시즘과 결합한다. 어벤져스 시리즈 내내
알고리즘과 AI에 기대어 공공의 이익을 소리 높이는

헬리캐리어(쉴드/하이드라), 아이언맨에게서 파시즘의 그늘을 보는 건 어렵지 않은 일이다. 아이언맨은 페퍼 포츠와 가정을 이루기 위해 슈트를 버린다. 휴머니즘 →탈슈트→가족. 아이언맨은 가장 인간적이 되는 순간 죽음을 맞이한다. 캡틴 아메리카는 노인이 된 모습으로 귀환한다. 자유의지와 휴머니즘의 가장 큰 근거는 인간은 언젠가 죽는다는 사실이며 그것을 인간이 선택할 수 있다는 사실이다(기독교가 자유의지에 매달리는 이유도 죽음 이후의 심판 때문/문학의 가장 중요한 주제, '죽음'). 죽음 이후를 꿈꾸는 트랜스휴머니즘이 거북하게 느껴지는 이유는 자유의지의 종말이라는 그림자가 이들의 주변에 어른거리기 때문이다(참고로 모든 독재자들의 희망은 영생이다, 라고 역사와 서사는 가르친다). 자유의지의 종말=의미의 상실.

두 가지 질문. 1. 자유의지에 기대지 않고 자기비하-여성혐오를 극복하는 남성성은 가능한가. 2. 신체

---

* 뛰는 건 의지적인 행위다. 반면 걷는 것은 예전부터 뭔가에 홀린 사람들의 특징이었다. 좀비들이 파시즘에 감염된 사람들의 은유로 여겨졌던 것도 그렇다. 그런데 어느 순간부터 좀비들이 뛰기 시작했다. 고로 현대의 파시스트들은 수동적이거나 조종당하는 존재가 아니다(또는 스스로 아니라고 생각한다). 걷기와 뛰기의 혼종은 자유의지 개념의 혼란을 의미한다.

의 역동성이 자유주의적 휴머니즘에 포섭되지 않고 재현 가능한가.

추가: 모든 의미는 모순을 감당할 능력이 있다. …… 모순은 의미의 자기 준거의 순간이다. 왜냐하면 모든 의미는 자신의 부정을 가능성으로 포함하기 때문이다.

추가: 메소드 연기와 생체역학

발터 벤야민은 모스크바 체류 기간 동안 열다섯 편의 연극을 관람했다. 그중에는 반혁명적 연극도 있었다. 대표적인 작품이 스타니슬랍스키의 〈트루빈가의 나날들〉(1926년 12월 14일)이었다. 벤야민은 스타니슬랍스키의 연극을 보고 이렇게 썼다. 이 극장의 청중들은 다른 두 극장에서 본 청중들과 눈에 띄게 구분되었다. 여기에 코뮤니스트들은 거의 없었다. 극장에 들어설 때부터 향수 냄새가 우리를 맞이했다. 공연은 완전히 낡아빠진 궁정연극 양식이었다.

스타니슬랍스키의 연극 및 연기 개념은 그의 제자였던 마리아 우스펜스카야를 통해 미국의 아메리칸 래버러토리 시어터로 전달된다. 아메리칸 래버러토리 시어터의 리 스트라스버그와 스텔라 애들러는 메소드 연기를 발전시켜 할리우드 영화에 도입한다. 이 반혁명적 연기 방식은 영화 연기의 혁명이 되고 현대 연기의 전형을 이룬다.

스타니슬랍스키의 사실적이고 심리적인 내면 연기를 거부했던 메이예르홀트는 알렉세이 가스체프의 생체역학의 영향을 받아 새로운 연기를 만든다. 그가 가장 먼저 거부했던 것은 사실주의, 곧 현실성의 환영이다. 연극이란 현실의 모방이 아니라 고도의 양식화다. 그에게 배우의 신체는 감정과 사고의 표현을 위한 생체역학적 장치이다. 연기의 미디어적 전회. 연극배우란 무엇인가? 시간과 동작의 과학적 원칙을 통해 자신의 몸을 재료로 조직화한 예술가적 공학기사다. 육체적으로 잘 훈련된 좋은 배우란 어떤 사람인가? 자극과 반응의 기계적 메커니즘을 일체화한 인간, 곧 최소한의 반응시간을 가진 인간이다.

그러므로 스텔라 애들러에게 메소드 연기를 배운 터키 출신 이민자 엘리아 카잔이 공산주의자에서 매카시즘으로 돌아선 것은 자연스러운 일이다. 반혁명적 신체가 혁명이 되고 자본주의의 스타이자 내면을 가진 휴머니즘이 되어 반공 파시즘에 앞장서고 테일러주의의 영향을 받은 혁명적 신체가 기계가 되어 엘리트주의자이자 소비에트의 반혁명분자로 낙인찍혀 대숙청에 의해 사라지는 과정.

3. 달리기는 계급 문제

엠은 영화를 만들기로 결정했다. 원래 엠은 영문학을 전공했고 시를 잠깐 썼지만 도저히 시 쓰기를 지속할 수 없다는 사실을 알았다. 시는 남과 자신에게 상처 주기의 연속이었다. 다른 시간대, 다른 국가에서는 다른 시 쓰기가 가능할지도 모른다. 그러나 한국에서 시 쓰기는 그렇지 않았다. 게다가 더 큰 문제는 그가 달리기를 좋아한다는 사실이었다. 그는 중학교에서 오래달리기와 200미터 달리기 모두 1등을 했다고 말했다. 믿기 힘들지만 사실이야.

그러니까 시를 쓸 수 없지. 왜냐하면 시인은 달리지 않거든. 달리는 건 오로지 소설가들뿐이야.

나는 인정했다. 나는 비록 달리지 않지만, 소설가들이 달리기 선수라는 건 인정하지. 물론 그들은 학창시절 계주에서 꼴찌를 면치 못했을 것이다. 그러나 소설과 달리기 모두 고독한 레이스 아닌가. 더구나 달리기는 걷기와 달리 체력을 필요로 한다. 소설은 체력 싸움이다. 필립 로스는 말했다. 영감을 찾는 건 아마추어나 하는 짓이다. 우리는 그냥 일어나서 일하러 간다.

그래서 내가 필립 로스를 싫어해.

엠은 〈휴먼 네이처〉 영화와 소설 모두 보다 말았다고 했다. 미국 소설을 왜 읽는지, 원…….

우리는 인종차별의 도시 파리에 있었다. 파리는 여성혐오의 도시이기도 하다. 파리는 산책자의 도시이다. 고로 산책자는 여성혐오자다. 사뮈엘 베케트는 파리 9구의 고도드모루아 거리에 있는 창녀촌을 자주 찾았다. 하루는 여자 하나가 ─ 아마 매춘부였겠지? ─ 베케트에게 다가와 서비스를 이용할 거냐고 물었다. 베케트가 거절하자 여자가 비꼬는 투로 물었다. "그러시겠지. 그럼 누굴 기다려요? 고도를 기다리시나?"

엠은 조금 충격을 받은 표정이었다. '고도를 기다리며'가 매춘 행위 과정에서 나온 말이라니. 그렇지만 꼭 그렇게 단정 지을 순 없다. 창녀촌에 갔어도 매춘은 하지 않았을 수도 있잖아? 매춘부와의 대화에서 신을 연상하는 것에 희열에 가까운 아이러니를 느꼈을지도 모른다.

그걸 아이러니라고 생각하는 거 자체가 문제야.

엠이 파리에서 제일 좋아하는 곳은 루브르박물관이고 그가 가장 좋아하는 영화의 신은 〈국외자들〉의 세 주인공이 9분 43초에 루브르를 주파하는 달리기 장면과 9분 28초로 기록을 경신하는 〈몽상가들〉의 달리기 장면이다. 여기에 아네스 바르다가 휠체어를 타고 루브르를 거니는 장면이 추가되었다.

나는 언젠가 유럽 여행 정보를 교환하는 네이버 카페에서 사람을 모으는 게시글을 본 기억이 났다. 작성자는 〈국외자들〉과 〈몽상가들〉을 오마주하는 동시에 기록을 경신하고 싶다고 썼다.

내일 오전 루브르에 동행할 두 사람을 구해요.

몽상을 실현하고 싶은 사람은 연락 주세요. 카톡 아이디 는 xxxxx입니다. ㅋㅋㅋ

끔찍하다고 생각했어. 모르는 사람과 함께 달리다니…… 대체 왜 그러는 거야?

엠은 여행자 카페 같은 데 좀 들락거리지 말라고 말했다. 핵심은 아네스 바르다야. 한물간 68혁명 아재들은 잊어.

루브르 달리기에서 주목할 만한 점은 아네스 바르다가 달리지 않는다는 점이다. 남성 예술가들, 고다르, 베르톨루치가 달리기로 기록을 겨룰 때 아네스 바르다는 기계 장치의 힘을 빌려 유유히 공간을 거닌다.

바르다와 도나 해러웨이가 겹치지는 지점이 바로 여기, 라고 엠이 말했다.

달리기는 지배자의 도구, 반면 기계장치는 해방의

도구. 고로 자동차는 타자기가 여성 해방에서 수행한 것과 동일한 역할을 수행한다!

그런데 너는 달리는 거 좋아하잖아. 운전면허도 없고.

왜? 나는 지배자가 되면 안 되나? 엠이 말했다. 내 영화의 제목은 '달리기는 계급 문제'가 될 거야.

그날 밤 나는 잭 런던에 대해 생각했다. 잭 런던과 그의 단편 「불 지피기」에 대해. 하루 천 단어 쓰기를 수행한 뱃사람 잭에 대해. 엠은 잭 런던에 대해 단편적인 지식밖에 없었지만 잭 런던이 약물 과다 복용으로 죽었다는 사실을 알고 있었다. 「불 지피기」의 남자 주인공이 알래스카를 걷다가 얼어 죽었다는 사실도. 여기에 묘한 구석이 있는 것 같아, 아무래도.

우리는 알래스카가 배경인 작품에 대해 이야기를 나눴다. 나는 박민규의 「루디」에 대해서, 엠은 해럴드 핀터의 「일종의 알래스카」에 대해서 말했다.

소름. 「루디」의 내용을 보던 엠이 소리쳤다. 「루디」는 멈추지 않고 이동하는 것의 공포에 대한 소설이다. 「일종의 알래스카」는 움직임이 멈춘 사람의 혼돈에 대한 희곡이다.

이동이라는 테마는 무한해…….

나와 엠은 갑자기 굉장한 작품을 만들 수 있을 것

같다는 착각에 빠졌다. 나는 에세이 필름의 소설 버전에 해당하는 작품을 쓸 거고, 엠은 『걸리버 여행기』의 라퓨타인들에게서 영화의 형식을 가져올 거라고 했다.

라퓨타인들은 언어가 불필요하고 사물을 통해 의사소통이 가능하다고 믿었다. 그래서 그들은 등에 배낭을 메고 다니면서 가리키고 싶은 게 있을 때마다 물건을 꺼내서 보여줬다. 엠은 자신의 영화가 이미지를 담은 배낭이 될 거라고 했다.

나는 『걸리버 여행기』를 읽지 않았기 때문에 어리둥절했지만 아이디어에는 감탄했다. 우리는 흥분에 휩싸여 거리로 나섰다. 밤 11시가 넘은 시간이었고 파리는 갑자기 혹한이 도래한 듯 칼바람이 불었다. 베를린에 사는 상우는 히트텍을 입었다고 했다. 파리는 괜찮아요? 어제는 폭염이었는데…….

유럽은 미쳤어. 유럽은 인류 역사상 가장 미친 대륙이야.

우리는 다른 인종들의 공격이 두려웠지만 추위와 차별에 맞서 달리기로 결정했다. 분수대 앞을 지나 빌레트가로 접어든 후 벨빌가를 통과해 페르라셰즈까지 냅다 달리는 게 목표였다. 엠이 앞서 나갔다. 그의 하얀 다리가 어둠 속에서 빛을 발했고 나는 엠 정도는 금방 따라잡을 수 있지, 하는 생각에 천천히 따라가기 시작했다. 거리는 텅 비어 있었고 검은 가죽점퍼를 입은 아랍인이 개와 함께 카페의 난간에 앉아 우리를 지켜보고 있었다.

사거리를 지났지만 나와 엠의 거리는 좁혀지지 않았다. 나는 좀 더 속력을 냈다. 엠은 힐긋 보더니 더 빠르게 달리기 시작했고 우리의 거리는 더 멀어졌다. 내가 다시 속력을 냈고 엠도 더 속력을 냈다. 우리의 거리는 점점 멀어지기 시작했고 숨이 턱까지 차올랐다. 차이나타운 근방을 지났을 쯤에는 거의 실신 지경에 이르렀다. 겨우 5분을 달린 것 같은데…….

죽을지도 몰라!

내가 소리쳤다. 나일론 추리닝을 입은 두 청년이 돌아봤고 나는 놀라서 계속 달렸다. 엠은 길의 끝에 이르고 있는 것처럼 보였다. 소실점과 엠이 하나로 합쳐졌고 심장박동 소리가 청각을 마비시켰다. 그러나 멈출 수 없었다. 여기서 멈추면 소매치기들의 밥이 될 것이다. 게다가 혼자가 된 엠도 위험하고. 우리는 달리기와 이미지, 이동과 멈춤에 관한 꿈을 꿀 거야…… 나는 생각했다……. 페르라셰즈까지만 참고 달리자. 그리고 페르라셰즈에 묻히는 거야…… 가능하면 발자크 옆에…….

달리기의 특징은 시간을 단축시킨다는 것이다. 거리를 통과하는 시간을 단축하는 것은 경험하는 시간

을 줄인다는 뜻이다. 시간은 경험이다. 달리기는 목표 지향적이다. 사건이 있고 그 사건의 해결을 향해 달린다. 다시 말해, 사건 외에는 무관심하며 경험은 사건으로 한정된다.

반면 걷기는 시간을 늘린다. 걷기는 목표가 불투명하거나 절박하지 않다. 언제든 방향이 전환될 수 있고 멈출 수 있다. 걷기는 분산되고 산만한 정신이다.

「불 지피기」의 주제는 인간과 자연의 대결이다. 그러나 작품에서 흥미로운 건 소설의 내적 갈등이 아니라 형식과 내용의 충돌이다. 「불 지피기」는 형식에서 실행하는 것을 내용에서 비판한다. 목적 지향적이고 직선적인 인간을 비판하지만 소설의 형식은 목적 지향적이고 직선적이다. 이런 충돌은 작가 잭 런던 자신의 모순이다. 부자가 되고 싶은 공산주의자. 잭 런던의 1909년 작품 『마틴 에덴』은 『위대한 개츠비』의 스

핀오프로 이데올로기적으로 모순된 남성의 비뚤어진 여성관을 담고 있다. 그들은 사랑/여성을 신화화한다. 그리하여 죽음이 잉태된다. 이문열은 『세계명작산책 2: 죽음의 미학』에서 「불 지피기」를 "죽음의 미학"을 다룬 작품 중 하나로 선정했다. 이 책의 서문에 실린 그의 변을 들어보자. 어떤 문명은 죽음에 지나치게 많은 것을 투자해서 멸망했고, 어떤 문명은 오직 삶을 향해 치닫다가 시들어간 듯 느껴진다. 그러나 그 어느 편도 죽음으로부터 끝내 자유롭지는 못했다. 문학이, 특히 소설이 죽음을 즐겨 다루는 것은 그런 면에서 당연하다. 고대로부터 죽음은 문학의 가장 진지한 주제이면서 또한 가장 감동적인 장치이기도 했다.

4. 나는 영영 행복할 수 없을지도 모르지만

오늘 밤만은 만족스럽다

우리는 침대에 마주 앉아서 각자 노트북을 들여다보고 있었다. 엠은 와인을 마셨고 나는 커피를 마셨다. 그는 보르도 와인을 좋아했고 나는 커피를 마셔도 잠을 잘 잤다. 밤에 커피를 마시는 이유는 커피가 좋기 때문이 아니라 커피를 마셔도 잠을 잘 수 있기 때문이야. 내가 말했고 엠은 뭔가 이상하지만 말이 되는 것 같다고 했다.

이거 볼래?

엠이 노트북을 돌려 내게 보여줬다. 유튜브 화면이 보였다.

보니 브렘저?

응.

엠은 최근에야 보니를 알게 됐다고 말하며, 그를 어떻게 받아들여야 할지 고민이라고 운을 뗐다.

나는 생전 처음 듣는 이름이었다. 엠은 그게 정상이라고, 한국에서 비트 세대 하면 앨런 긴즈버그나 잭 케루악 같은 남자들만 언급하니까 모를 수밖에, 비트 세대에는 여자들도 수두룩하다고 말했다.

보니 브렘저는 비트닉 계열의 시인이야. 여자고.

보니는 비트 시인 레이 브렘저의 아내로 원래 이름은 브렌다 프레이저다. 대학 생활과 기성 사회에 불만을 가진 전형적인 비트 세대였던 보니는 우연히 레이를 알게 됐고 그와 함께 도피 생활을 시작한다. 레이는 무장 강도 건으로 경찰에게 쫓기고 있었고 터무니없는 누명이라고 주장했지만 당시의 보니는 크게 신경 쓰지 않았다. 사실이라고 해도 좋다, 쿨하다, 진짜 범죄자, 혁명가, 테러리스트, 북미의 장 주네. 그러나 인생은 가시밭길이다. 구역질 나고 진부하고 감상적이기 그지없지만 그렇다. 레이와 보니는 갓 태어난 딸 레이철을 안고 국경을 넘어 멕시코로 들어갔고 먹고 살 방도가 없었던 레이는 보니를 거리로 떠밀었다. 보니는 멕시코시티와 베라크루스를 떠돌며 몸을 팔았고 그렇게 번 돈으로 레이와 레이철을 먹여 살렸다. 레이는 포주였고 연인이었고 선생이었고 아버지였다. 역겨운 자식. 비열한 자식. 개 같은 새끼. 사람들은 레이를 욕했지만 보니는 이것이 자신의 선택이라고 생각했다. 보니, 그건 당신의 선택이 아니에요. 당신은 조종당한 거예요. 그렇다. 보니는 자신이 조종당한 건지도 모른다고 생각했고 레이가 교묘하게 자신을 이용하는 것이라고 생각했다. 그렇다, 그렇지만 어쩔 것인가. 레이는 멕시코 경찰에 붙들려 감옥에 들어갔고 레이철과 그녀는 1960년대의 멕시코시티 한복판에 떨어졌다. 보니는 레이철을 입양 보내고 매춘을 계속했다. 아침에는 마리화나를 한 대 피우고 타자기 앞에 앉아 레이에게 편지를 썼고 밤에는 짧은 코듀로이 치마를 입고 거리로 나섰다.『트로이아: 멕시칸 메모아즈』는 그렇게 보니가 멕시코를 떠돌며 쓴 편지들의 모음이다.

보니 브렘저의 회고록 — 소설『트로이아: 멕시칸 메모아즈』는 이렇게 시작한다. 우선 나에 관한 정말 중요한 몇 가지 사실을 당신에게 말하고 싶어. 나는 연속성이 필요함을 알고 있지. …… 하지만 어떤 왜곡을 믿어. 내가 믿는 것은, 무언가 일어나고 있는 장소로 당신이 가서 당신이 창조했던 것을 이해하기를 절실히 원한다면…… 간극을 메우는 것이라면 아무리 낡아빠진 것이라도 충분하다는 거야. …… 중요한 것은 기법도 아니고 기법의 결여도 아니고, 당신이 좌절을 극복하고 간극을 잇고 믿을 수 없을 만큼 아름다운 무언가를 손에 쥐는 그 순간들이지.

책은 1969년에 출간됐지만 완전히 잊혀졌다가 2007년에 다시 출간되면서 아주 작은 화제가 되었다. 제3물결 페미니즘까지 거친 이론가와 예술가들은 창녀이자 예술가, 부양자이자 연인이며 결혼과 일부일처제에 로망을 가지고 있는 동시에 성적 쾌락과 매춘에 거리낌 없는 인물에 당황했다. 영웅으로 올려치기에는 문제가 많았고 피해자라고 하기에는 지나치게 주체적이었다.

책은 읽어봤어?

내가 물었고 엠은 조금 봤다고 했다. 그렇지만…… 자신은 상상도 하기 힘든 삶이라고, 너무 먼 거리에 있는 무엇으로 타자화하고 싶지 않지만 그렇다고 말했다.

엠이 내게 보여주려고 한 유튜브 영상은 1997년에 촬영된 것이다. 비트 연구자이자 아마추어 필름 메이커인 제롬 포인턴이 미시간의 앨피나에 살고 있는 보니와 만나 대화를 하는 모습이 담겨 있다. 조회수는

350.

이걸로 돈은 못 벌겠네. 내가 말했다. 조회수 4천 이상이면 돈 준다던데.

도둑놈들이야. 엠이 말했다.

제롬이 보니 브렘저를 만나기 위해 미시간의 앨피나에 갔을 때는 한겨울로 마을 전체가 눈밭이었고 거리에는 사람을 찾아볼 수 없었다. 자동차들은 마차보다 느린 속도로 엉금엉금 다녔고 두터운 구름을 비집고 나온 빛이 희미하게 지붕 위에 내려앉았다. 아테네가 집인 제롬은 스산한 날씨에 익숙했지만, 안개가 자욱하고 분위기가 스산한 것일 뿐, 정말 추위로 인해 스산한 곳, 아무도 오지 않고 아무것도 존재하지 않으며 역사라고는 피서객들의 실종과 술주정뿐인 겨울의 스산함에 조금 놀랐다고 했다. 보니 브렘저는 별다른 대답을 하지 않았다. 그녀가 젊은 시절 떠돌았던 멕시코와 정반대에 위치한 것 같은 도시에 살면서도 삶이 거꾸로 뒤집혔다. 인생이 시궁창에 빠졌다고 생각하지 않았고 남이 자신의 인생에 대해 지껄이는 것을 싫어했다. 워낙 그런 소리를 많이 들어오셨죠, 그렇죠? 제롬이 물었고 너도 그래, 뭐 볼 게 있다고 지중해에서 여기까지 기어 오냐, 이 덜떨어진 자식아, 라고 말하고 싶었지만 말을 하기 위해서는 에너지가 필요했고 그녀는 에너지를 쏟고 싶지 않았다.

　제롬과 보니 브렘저는 휴런 호수로 산책을 갔다. 이런 날씨에 산책이라니 죽을 맛이군, 보니는 생각했지만 제롬이 전설의 시인 보니와 만났다는 사실에 너무 들떠 있었기 때문에 잠자코 그를 안내하며 최대한 시와 관련이 없는 이야기들을 늘어놓았다. 곧 해가 질 시간이었고 휴런 호수 너머 석양이 지는 모습이 보였다. 오렌지빛 선이 수평선 위에 그어졌고 호수로 향하는 길의 양옆에는 두껍게 쌓인 눈이 수십 년 동안 그 자리에 있었던 듯 단단하게 굳어 있었다. 깡마른 개 한 마리가 길 위에 뛰어올랐다. 제롬은 개를 좋아했다. 흥분해서 들고 있는 캠코더를 마구 흔들며 개에게 달려들었고 개는 눈 쌓인 대지 위를 이리저리 뛰어다니다 호수 근방의 숲속으로 사라졌다. 좋은 곳이네요, 안 그래요? 제롬이 웃으며 말했고 보니는 퍽도 좋겠다, 멍청한 자식, 이라고 중얼거렸지만 제롬은 감상에 빠져 알아듣지 못했다. 비트 세대의 마지막이 이 길 위에서 끝나는군요. 그는 바다처럼 광대한 휴런 호수를 바라보며 말했다. 보니야말로 잃어버린 비트 세대의 진정한 시인이에요, 보니, 그렇죠?라고 다시 말했고 보니는 자신은 잃어버린 게 없다고 대답했다. 세상사에 냉소적이고 싶지 않지만 이런 태도를 냉소적이라고 한다면 냉소적일 수밖에 없지, 그녀는 모든 평가와 가치,

말들이 우습게 느껴졌고 그래서 나를 같은 편으로 생각하는 사람들이 실망한다면 어쩔 수 없다. 나를 다른 편으로 생각하는 사람이 득의양양해한다면 꼴사납겠지만 구제불능인 그들까지 어쩔 수 있는 건 아니다. 나는 어떤 말의 편이 아니고 나는 어떤 의미의 편도 아니고 나는 그저 존재의 편일 뿐이다.

보니와 제롬은 휴런 호수를 한참 걷다 차에 올라탔다. 차는 눈 쌓인 마을, 창고, 공장 지대를 지나 나아갔고 밤도 낮도 아닌 풍경 어딘가에서 인간도 짐승도 아닌 형상들이 달려 나올 것 같았지만 부스럭거리는 소리와 대화는 일상적이었다.

영상은 세븐일레븐의 주차장에서 끝났다. 보니는 웃음을 떠뜨렸고 그녀의 입안에는 이제 이가 하나도 남아 있지 않은 것 같았다. 어쩌면 우리가 사태를 너무 과장하고 있는지도 몰라. 내가 말했다. 보니의 말대로 말에는 의미가 없었다. 의미를 만들어주는 것은 말이 아니라 말이 존재한다는 사실이다. 보니의 표정은 편안했고 젊은 시절 경찰에 쫓기며 몸을 팔았던 비트 세대의 마지막 시인 같은 면모는 전혀 보이지 않았다.

그 편이 나아. 엠이 말했다.

발표 지면

《자음과모음》(2019년 가을호)

이 글에 쓰인 텍스트는 다음과 같다.

제목은 에일린 마일스의 시집 『눈송이/다른 거리들Snowflake/different streets』
에서 가져왔다(『모빌리티와 인문학』 5장 '형식의 모빌리티'(이안 데이비슨)에서 재인용).

20쪽 해당 위치에 들어갈 예정이었던 〈캡틴 아메리카: 윈터 솔져〉 이미지는 디즈
니사의 저작권 허가 거부로 삭제되었다. 톰 앤더슨의 다큐멘터리 〈Los Angeles
Plays Itself〉(2003)는 200여 편에 이르는 다른 영화의 인용으로 이루어진 작품이
다. 21세기 다큐멘터리 중 가장 뛰어난 작품으로 손꼽히는 이 영화는, 그러나 영화
사와의 저작권 분쟁으로 제대로 상영되거나 서비스되지 못했다. 2014년에야 엔터
테인먼트 변호사 마이클 도널드슨이 관련 법 조항을 다르게 해석하면서 영화를 공
식적으로 볼 수 있는 길이 열렸다. 도널드슨에 따르면 저작권의 공정 사용은 다음
의 세 질문으로 귀결된다. 인용한 클립이 제작자가 새 작품에서 구현하고자 하는
아이디어를 보여주고 있는가? 클립이 합리적이고 적절한 방식으로 사용되고 있는
가? 클립과 만들고자 하는 지점 사이의 연결이 명확한가? 이 세 가지 질문에 모두
'예'라고 답할 수 있다면, 저작권 소송으로부터 보호받을 수 있다고 마이클 도널드
슨은 주장했다. 톰 앤더슨은 클립들을 "공정 사용 하에서 사용했고, 사용하고 있
으며 또 사용할 것이다. 이 영화의 제작으로 인해 피해를 입은 저작권자는 없다"고
말했다. "다큐멘터리에 쓰인 영화들은 단순히 한 영화사의 소유가 아닌 우리 공동
문화유산의 일부다."

대한민국의 저작권법 제28조는 다음과 같이 말한다. 공표된 저작물은 보도·비평·
교육·연구 등을 위하여는 정당한 범위 안에서 공정한 관행에 합치되게 이를 인용
할 수 있다.

도서

피터 메리만·린 피어스 엮음, 『모빌리티와 인문학』 김태희·김수철·이진형·박성수 옮김, 앨피, 2019

피터 애디, 『모빌리티 이론』 최일만 옮김, 앨피, 2019

귀스타브 플로베르, 『감정 교육』 민희식·임채문 옮김, 시와진실, 2007

김수환, 『혁명의 넝마주이』 문학과지성사, 2022

이문열 엮음, 『이문열 세계명작산책 2: 죽음의 미학』 무블출판사, 2020, pp.20~21

실비아 플라스, 『실비아 플라스의 일기』 김선형 옮김, 문예출판사, 2004

유운성, 『유령과 파수꾼들』 미디어버스, 2020

Bonnie Bremser, 『Troia: Mexican Memoirs』 Dalkey Archive Press, 2007

논문

이희원, 「펙스(FEKS)의 영화적 실험과 미학」 『동유럽발칸연구』 vol.33, 2013. pp.257~288

이미지

12쪽 이만희, 〈휴일〉, 1968

13쪽 에드워드 마이브리지, 〈움직이는 말〉, 1878

20쪽 존 G. 아빌드센, 〈록키〉, 1977

22쪽 실베스터 스탤론, 〈록키 4〉, 1987

30쪽 〈록키 4〉

기타

Glenn Whipp, "'L.A. Plays Itself' is finally coming to home video. Here's how.", 《Los Angeles Times》, 2014. 7. 26.

그 아이는 아주 귀여웠고 어렸기 때문에
인형을 보면 눈 뒤에 무엇이 있는지 보기
위해 눈알을 빼려고 했다

운동은 그 대상을 없애도 존속하는 두려운 낯섦의 능력이다.

_브라이언 마수미

엠은 누구인가? 일반적인 경우라면 나는 이러한 질문으로 글을 시작하지 않을 것이다. 엠은 엠이다. 또는 엠은 엠이 아니다. 그러나 특정 경험을 통과하며 엠이 누구인지 묻는 것이 중요해졌다. 질문은 형식적이거나 통속적인 행위가 아닌 시급한 필요와 진지한 탐구의 요청으로 행해진다. 그 러 니 까 정 말 엠 은 누 구 냐 고.

엠과 나는 파리에서 두 달간 함께 지냈다. 9월, 10월. 우리는 파리를 벗어나지 않는 대신 파리시의 많은 곳을 함께 걸었다. 엠은 초현실주의 플라뇌즈의 역사에 대한 것은 아니지만, 역사를 떠올리지 않을 수 없는 비디오 에세이를 찍을 계획이라고 했다.

나는 나자야.

엠이 말했다.

나자*nadja*는 러시아어로 나데즈다надежда, 희망이라는 말의 어원이다. 앙드레 브르통이 쓴 소설의 제목이며 여자 주인공의 이름이기도 하다.

나자는 실존했던 인물이다. 본명은 레오나 카미유-지슬렝 델쿠르*Léona Camille-Ghislaine Delcourt*. 초현실주의자와 교류한 정체불명의 여인이자 거리의 여인이며 앙드레 브르통의 정부였고 화가였으며 시인이었다. 앙드레 브르통은 1926년 10월 4일 오트빌가와 라파예트가, 보쉬에가가 만나는 프란츠 리스트 광장의 어느 성당 앞에서 그녀를 처음 만났다. 나자는 기상천외한 눈화장을 하고 낡은 외투를 입고 있었다. 앙드레 브르통은 단숨에 그녀에게 빠져들었다. 나자는 말했다. 당신은 나에 대한 소설을 쓰겠지요. 그로부터 2년 뒤 앙드레 브르통은 『나자』를 출간했다. 브르통은 책의 서두에서 실제 삶 그대로를 쓰겠다고 선언한다. 이제 소설적인 줄거리 꾸미기로 이루어진 심리 문학의 시대는 끝났다. 나는 인물의 실제 이름을 사용할 것을 주장하며, 열쇠를 찾을 필요 없이 여닫이문처럼 열고 닫히는 그런 책들에만 관심 갖기를 고집한다. 하지만 선언과 달리 그는 나자의 본명을 쓰지 않았고 나자는 무대 뒤로 사라졌다. 소설이 출간될 당시 레오나 델쿠르는 보클뤼스 정신병원에 있었다. 그녀는 잊혔고 기록은 사라졌으며 초현실주의자들은 실제 인물에 대해 함구했다. 나자의 전모가 밝혀진 건 2002년의 일이다. 실명이 기록된 호텔 영수증이 발견됐고 퐁피두 센터의 전시 〈초현실주의 혁명〉에서 대중에게 공개됐다. 뒤이어 패션디자이너 자크 두세가 소장하고 있던 나자의 편지들이 공개됐으며 2006년에는 폴 데스트리밧의 개인 콜렉션에 포함되어 있던 나자의 드로잉이 공개됐다.

그렇다면 『나자』에 기록된 이야기는 모두 진실인 걸까. 앙드레 브르통은 정말 유리로 만든 집에서 살며 유리 침대 위에서 유리 이불을 덮고 자는 소유와 비밀의 적, 도덕적 노출증자인 걸까. 발터 벤야민은 말했다. 유리로 된 집에 산다는 것은 최고의 혁명적 미덕이다.

진정한 문학은 진실과 거짓을 구분하지 못한다.

엠과 나는 마레 지구의 라파예트 앙티시파시옹 로비에 있는 카페에서 대화를 나누고 있었다. 건너편 테이블에는 매일 오는 백인 중년 남성이 랩톱을 켜놓고 셀카를 찍었다.

저 사람 인스타 알아냈어.

엠이 말했다.

우리는 머리를 맞대고 그의 인스타그램을 봤다. 실물보다 훨씬 못 나온 셀카 사진이 가득한 인스타였다. 배경은 지금 우리가 앉아 있는 카페였고. 프레임 가득 차지하고 있는 그의 얼굴 뒤로 다른 손님들의 모습이 보이기도 했다.

우리도 있는지 봐봐.

내가 말했다. 엠과 나는 스크롤을 내리며 우연히 찍힌 우리 모습이 있는지 찾았다. 왜 찾는 건지 알 수 없었지만 알 수 없는 열망에 사로잡혀 수년 치의 세월을 건너뛰며 피드를 탐색했다. 더 이상 우리가 있을 리 없는 과거의 사진인데도 말이다.

앗!

엠이 소리쳤다.

찾았어?

아니. 거꾸로 있는 사람의 얼굴이 보여!

엠이 소리를 지르며 액정을 가리켰다.

어디?

분명히 봤어. 모자를 쓴 남자였는데 얼굴이 거꾸로 있었다구!

그러나 아무리 피드를 올리고 내려도 그런 건 없었다.

잘못 본 거겠지. 내가 말했다.

라파예트는 그런 심령사진을 보기엔 지나치게 현대적이고 일상적인 장소였다. 렘 콜하스가 이동식 무대를 설치하고 로비의 카페에선 유기농 샐러드 볼과 케일 주스, 글루텐 프리 쿠키를 판매한다. 저기 테크웨어를 입은 게이 커플을 봐.

엠이 고개를 끄덕였다.

그냥 따라 해봤어. 나자가 그랬거든.

나자와 앙드레 브르통은 생라자르 역에서 생제르맹으로 가는 기차를 탔다. 좁은 기차 칸에 앉아 멜뤼진과 고르곤, 막스 에른스트에 대해 산만하지만 진지한 대화를 나누던 중 앙드레 브르통이 예의 그 음탕한 욕구를 드러내며 나자를 안으려고 했다.

그때 나자가 창밖을 보며 소리 지른 거지. 거꾸로 매달린 사람이 보여요!

앙드레 브르통의 소설에선 이 장면이 광기와 신비, 공포가 뒤범벅된 초현실주의적 해프닝으로 그려진다. 달리는 기차 위에 진짜 거꾸로 매달린 사람이 있었던 것이다.

지수와 지수는 이틀 전 파리에 도착했고 바스티유 광장 근처의 에어비앤비에 묵었다. 두 사람은 커플이고 공교롭게도 이름이 같다. 나는 지수를 처음 알았는데, 나중에야 그의 연인이 지수라는 사실을 알고 조금 놀랐다. 연인의 이름을 부르는 게 곧 내 이름을 부르는 게 되니까 말이다. 이상하거나 어색하지 않은지 궁금했다.

생각보다 이름이 같은 커플이 꽤 있어요. 지수가 말했다.

2015년 통계에 따르면 서울에 같은 이름을 가진(성은 제외) 커플은 총 마흔네 쌍이다. 정연 커플, 민수 커플, 지호 커플, 태희 커플, 연수 커플, 승민 커플 등등.

우와, 그런 통계도 있어요?

아니요. 거짓말입니다.

지수가 말했다.

지수는 무용을 전공했지만 철학자가 되었다. 그는 지인의 빈티지 숍에서 일하며 독학으로 희랍어와 라틴어를 공부한다. 고대 그리스 감각 철학자들의 글을 번역해서 세 권짜리 선집을 독립 출판으로 낼 생각이다. 텀블벅으로 첫 번째 권을 위해 모금했는데 달성률은 8%. 목표 금액인 10,000,000원이 모여야만 결제됩니다.

목표 금액이 너무 큰 거 같은데…….

이 정도면 절반의 성공이지.

지수가 말했다. 중요한 건 유명해지는 거야. 지수는 트위터 계정을 만들고 파워 트위터리언들을 팔로우하며 적극적으로 멘션을 남겼다.

다른 지수는 법대를 졸업했고 사시를 패스하지 못했다. 시도는 했다. 그러나 제대로 시도한 건 아니었다고 말했다. 제대로 시도할 만한 유형이 아니었다는 걸 포기한 뒤에야 깨달았다나.

변호사나 판검사가 되는 건 다른 문제야. 지수는 친구들을 보며 생각했다. 그는 영화 배급사에 취직했고 몇 년 다닌 후 지방대 로스쿨에 들어갔다. 지도 교수는 좌파 성향의 미국 유학파로 운동권 출신은 아니었지만 운동권 인사들과 교분을 유지했다. 등산화를 신고 다녔고 옷장에는 고어텍스 재킷이 가득했다. 동기들과 그의 집에서 저녁을 먹기도 했다고 지수가 말했다. 사모는 역시 미국 유학파로 미술을 전공했지만 지금은 시 전문 문예지의 편집장이자 오너였다. 시를 좋아하시나 봐요. 지수가 묻자 사모가 웃음을 터뜨렸다. 돈이 거의 안 들어요. 사모가 말했다.

지수는 현재 맥도날드 법무팀에서 일하며 밤에는 웹소설을 쓴다.

맥도날드에도 법무팀이 있어요?

엠이 물었다.

1982년 제정된 햄버거법이라는 게 있어요. 오리건 주에서 덜 익힌 패티를 판매하다 생긴 햄버거병 때문에 생긴 법입니다. 아직 국내에는 관련 법 조항이 없고요. 한국에는 패스트푸드 산업과 관련한 법적 분쟁이 많지만 제대로 된 판례가 없어요.

그러면 분쟁에서 맥도날드 편을 드는 거예요? 엠이 물었다.

아니요. 지수가 고개를 저었다. 지도 교수가 말했죠. 햄버거의 편을 드는 거라고 생각해.

청회색에서 주황색으로 변모하는 저녁 하늘의 그레이디언트. 엠은 가르 데 노르 지하 주차장으로 걸어갑니다. 흑인 중년 여성이 구형 아이패드를 들고 엠 일행을 맞이합니다. 비즈니스나 휴가를 위해 자동차를 렌트하는 Hertz는 모든 자동차에 대한 욕구를 충족할 수 있는 럭셔리, 스포츠, 하이브리드 차량을 보유하고 있습니다. 엠이 고른 차는 시트로엥 C4 칵투스입니다. 외제 차. 뒷자리의 지수가 말합니다. 엠은 경유지와 목적지를 말합니다. 차량의 AI가 몇 가지 루

트를 제안합니다. 엠 일행은 자율주행을 요구하지만 받아들여지지 않습니다. 스티어링 휠을 두 손으로 잡은 엠이 전면부 차창을 통해 파리의 신호 체계를 분석합니다. 소실점으로 짜여진 세계의 구성이 가상의 맵 위에 겹쳐지며 반복적이고 낯선 랜드스케이프의 표면을 어려움 없이 미끄러집니다. 지수는 블루투스 스피커로 스포티파이에서 선곡한 플레이리스트를 재생합니다. 엄마는 작은 남자를 원한다. 그녀는 자격이 있다. 성장하는 방법 보기. 그녀는 택시를 타지 않고 그들이 그녀를 보게 하고 거리에서 보게 합니다. 그녀는 우버를 타지 않습니다. *¿Y sabes qué? ¿Qué?(그리고 그거 알아? 뭐?)*

오늘날 사람들은 더 이상 외롭지 않다. 현대인들의 외로움은 병적인 투덜거림에 불과하다. 지수는 말했다. 외로움은 외로움을 요구하는 문화적 투쟁이다.

지수와 지수는 파리 일정이 마지막 해외여행이 될 거라고 상상하지 못했다. 다음 해에 세상이 망해버렸기 때문이다. 내년에 세상이 망한다는 사실을 누가 믿겠어? 매년 수십 편씩 만들어지는 종말 취향의 서사적 픽션은 이렇게 말하는 듯하다. 종말: 종말을 필요로 하는 문화적 투쟁.

세계는 세계의 사념이야. 하나의 사건은 원인들을 초과하는 과잉-결과고.

우리의 계획은 다음과 같다. 지수 커플과 함께 루이비통 파운데이션과 팔레 드 도쿄를 가고 쇼핑을 한다. 필수 구매 항목은 코트. 11월 중순이었고 다음 날 렌터카를 타고 노르망디로 여행 갈 예정이었다. 겨울옷이 필요해. 엠이 말했다. 지수 커플도 따뜻한 옷이 없었다. 경량 패딩 안으로 으슬으슬한 공기가 스며들었다.

그러나 프랑스에서의 쇼핑은 최악의 아이디어였음이 곧 밝혀졌다. 프랑스의 쇼핑센터는 중국인에게 점령됐다. 조금의 차별과 비하 없이 있는 그대로의 사실이다. 모든 매장에 중국인 직원이 있었고 우리가 들어가면 상냥하게 니하오마 인사를 건넸다. 한국인이라는 사실을 알면 실망을 감추지 못했다. 퐁피두 센터에 갔을 땐 남프랑스에서 온 할머니가 웃는 얼굴로 칭키 아이즈*chinky eyes*를 했어. 아이 라이크 유어 아이즈. 아이 라이크 재팬.

우리가 한국인이라는 사실을 안 사람들은 어색함을 감추지 못했다. 어떻게 대해야 할지, 문화적 선례가 부족한 것이다. 우리는 누구지. 지수가 말했다. 봉준호와 BTS를 빼고 한국이라는 나라를 설명해봐.

윽.

듀크 원이 감독한 1919년작 〈문어의 포위〉는 여덟 편의 짧은 에피소드가 비유기적으로 연결된 무성영화다. 왜 하필이면 여덟 편이죠? 메디슨스퀘어의 극장에서 《뉴욕 선라이즈》의 기자가 물었을 때 듀크 원은 포스터를 가리켰다. 거대 문어가 남녀를 옭아매는 끔찍한 포스터였다. 문어의 다리가 몇 개입니까. 아…… 앙드레 브르통은 1924년 초현실주의 멤버들과 파리에서 〈문어의 포위〉를 보고 충격을 받았다. 마지막 에피소드에는 자기 자신을 번식시키는 방법을 알아낸 중국인 남자가 나온다. 그는 수백만 명의 복제인간과 함께 뉴욕의 모든 장소로 몰려 들어간다. 타임스스퀘어 광장으로, 센트럴파크로, 울워스 빌딩으로, 유대인 회랑으로, 급기야 복제인간들은 다른 도시로 뻗어나간다. 안경을 벗고 쉬고 있던 윌슨 대통령의 사무실에 중국인이 들어왔고 문이 열리고 또 그가, 또 그가, 또 그가, 또 그가, 또 그가, 또 그가, 또 그가, 또 그가 들어왔다.

〈매트릭스〉의 스미스 요원은 중국인의 패러디야. 지수가 말했다. 〈매트릭스〉는 기계에 대한 공포가 아니라 중국에 대한 미국의 무의식을 다룬 영화야. 기계=공산주의=중국, 중국은 미국이 꾸는 꿈. 무슨 말인지 알겠어?

아니.

〈매트릭스 2〉의 제목은 '리로디드'지. 〈매트릭스 3〉의 제목은 '레볼루션'. 『레닌: 리로디드』가 출간된 건 2001년이고 〈매트릭스 2 - 리로디드〉가 개봉한 건 2003

년이고 〈매트릭스 4〉가 개봉한 건 2021년이고…….

계획은 예정대로 되지 않았다. 노란 조끼 시위 1주년을 기념하는 대규모 집회가 콩코르드 광장에서 개선문을 점령했다. 모든 차량이 이동을 중지했다. 지수와 지수는 영문도 모르고 사람들에게 떠밀려 샹젤리제 근처의 어느 역에서 내렸다. 대통령 이름을 딴 역이었어. 지수가 말했다. 지수는 엠에게 전화를 걸어 텅 빈 도로 위를 산책하고 있다고 말했다. 블록마다 바리케이드를 친 경찰들이 있었다. 프랑스 경찰들은 기관총을 든 장 클로드 반담처럼 생겼어. 지수가 말했다.

장 클로드 그게 누군데요? 엠이 말했다.

나는 여권을 챙기지 않았고 엠은 교통 카드를 챙기지 않았다. 우리는 함께 킥보드를 타고 생자크 탑을 지나 지수들에게 가기로 했다. 우리가 넘어진 건 리볼리가의 뒷골목에서였다. 조심해! 엠이 외쳤지만 이미 늦었다. 갑자기 튀어나온 연금술사를 피해 핸들을 틀었고 킥보드는 뒷바퀴부터 긴 원호를 그리며 허공을 날았다. 바지가 찢어지고 피가 났지만 우리는 계속 길을 걸었다. 검은 후드를 입고 검은 마스크를 쓴 사람들이 시위대 사이에서 등장했다. 그들은 품 안에 도구를 지니고 있었다. 우리는 이것을 오픈소스 프로테스트 모델이라고 부릅니다. 사람들이 말했다. 평화 시위는 순식간에 변질됐다. 거리는 자욱한 연기에 휩싸였고 귀가 아플 정도로 큰 외침과 노랫소리, 굉음이 터지며 유리창이 산산조각 나고 불꽃이 피어올랐다. 자동차 위로 올라간 사내가 희뿌연 연기 속에서 붉은 섬광을 터뜨렸다.

찍어! 찍어!

엠이 흥분해서 핸드폰을 들고 연기 속으로 뛰어들었다.

우리의 요구는 다음과 같다.

시위대가 전단지를 뿌렸다. 경찰들이 갈색 머리 남자를 때려 눕혔다. 시민들이 동영상을 찍었다. 오토바이, 최루탄, 김치! 지수와 지수를 본 아랍 청소년이 소리 질렀다. 셔터 문이 일제히 내려와 건물을 봉쇄했다.

우리의 요구는 다음과 같다.

1. 국제적인 부채의 즉각적인 탕감*an immediate amnesty on international debt*

2. 모든 기술과 관련된 특허권과 지적 재산권의 즉시 말소*an immediate cancellation of all patents and other intellectual property rights related to technology more than one year old*

3. 세계를 여행하고 거주할 자유를 막는 모든 규제의 철폐*the elimination of all restrictions on global freedom of travel or residence*

우리가 산 코트는 로로 피아나의 스톰 시스템 울 원단으로 제작됐다. 물에 젖지 않아요. 빠흐페 에땅슈 *Parfait étanche*, 핑크색 스웨터를 입은 점원이 말했다.

Writersnoonereads는 잊히고 방치되고 버려 지고 저주받고 인정받지 못하고 알려지지 못하고 어둠 속에 묻히고 한물갔고 거의 번역이 안 된 작 가들을 조명한다. 아무도 당신의 책을 읽지 않는 가? 당신은 우리의 좋은 친구가 될 것이다.

매튜 야코보우스키는 이제 아무도 박식가 파울 셰 어바르트의 소설을 읽지 않는다는 말로 글을 시작한 다. 심지어 작가 본인도 읽지 않은 것 같았다. 소설은 앞뒤가 맞지 않고 비약이 심하며 터무니없고 과장된 설정이 난무했다. 1960년대 건축비평가 레이너 밴험 이 제1기계시대의 대표적인 예언자로 말레비치와 마 리네티, 셰어바르트를 꼽았고 책이 재출간되며 그의 건축적이고 독특한 환상 체계가 소소한 붐을 일으켰 을 때에도 사람들은 그의 소설을 읽지 않았다. 브루노 타우트와 발터 벤야민, 잡지와 비평서를 통해서 셰어 바르트를 접했고 그거면 충분하다고 생각했다. 안타 깝지만 사실이었다. 같은 과학소설이지만 쥘 베른의 친절하고 선견지명 있는 작품과 달리 셰어바르트는 뭐 하나 맞힌 게 없었다. 우리가 열광하는 것은 추리, 예측, 선지자, 조지 오웰, 음모론, 논리와 과학, 이념으로 무장된 점괘 아닌가. 반면 파울 셰어바르트는 동양 철학과 독일 고대 신비주의에 빠져 이상한 길로 흘러들었고 쥘 베른을 안락한 방 안에 들어앉아 코담배나 마는 부르주아 얼간이라고 생각했다(그건 발터 벤야민도 동의하는 바였다). 파울 셰어바르트의 소설은 생전에도 생후에도 읽히지 않았지만 그래도 읽는 사람이 있었고(이상한 작품을 찾아 헤매는 엘리트주의자, 오타쿠, 마니아, 룸펜, 독학자, 연구자 들) 그중 한 명이 발터 벤야민의 친구 게르숌 숄렘이었다. 숄렘은 1917년 4월 베를린에서 치러진 벤야민과 도라의 결혼 선물로 파울 셰어바르트의 유토피아 '소행성 소설' 『레사벤디오』를 선물했다. 보라색 하늘과 녹색 별이 빛나는 가상의 행성 팔라다를 배경으로 사적 소유가 사라진 공동체의 사람들이 44마일의 타워를 건설해 그들의 더블 스타를 연결하려는 꿈의 노력을 담은 작품으로, 읽은 사람 대부분이 작가에 대한 증오심을 감추지 못했지만 극소수는 열광했다. 발터 벤야민은 그중 하나였다. 그는 셰어바르트가 일단 판을 엎어버리는 일부터 시작하는 인정사정없는 건설자 유형의 인물이라고 이야기했다. 셰어바르트는 전혀 새로운 언어로 이야기한다. 그 언어에서 결정적인 점은 유기적인 것과 반대되는 자

그 아이는 우주 괴물처럼 오렜기 때문에 인형을 보면 그 뒤에 무엇이 있는지 보기 위해 단춧을 뜯으려고 했다

의적, 구성적인 것을 지향하는 특성이다. 그 특성은 셰어바르트적 인간, 아니 그보다는 셰어바르트적 사람들의 언어에서 나타난다. 왜냐하면 인간과의 유사성, 이 휴머니즘의 원칙을 그 사람들은 거부하기 때문이다. 다시 말해 벤야민의 관점에서 휴머니즘은 '유기적'인 것이다. 자의적이고 구성적인 것, 인과와 열역학법칙에서 벗어난 것만이 새로운 인간을 낳을 수 있다. 파울 셰어바르트는 소설을 쓰기 전 오랜 시간 무한 동력 장치를 만들기 위해 노력했다. 제대로 된 물리학 지식이 없었으므로 납득할 만한 결과는 전혀 없었지만 입출력의 유기적 과정을 거부하는 기계, 오로지 그 자체의 힘으로 결성되고 움직이는 공동체, 내부와 외부의 구분이 무효하고 흔적과 오라가 사라진 세계. 이러한 이상을 실현하기 위해 팔라디 행성의 비-인간들은 유리로 된 집에 살았다. 앞뒤가 투명하고 사생활과 비밀, 소유가 사라진 거주 장치. 유리! 사랑!! 영구 운동!!! 공산주의적 몽상에 빠져 있던 건축가 브루노 타우트는 셰어바르트의 비전에 감화되어 프로젝트를 실행에 옮겼으며 제1회 독일공작연맹박람회에 〈글라스 하우스〉를 출품한다. 아무도 읽지 않는 소설가에서 일약 비저너리가 된 셰어바르트는 크게 고무되어(물론 이때에도 그는 전혀 읽히지 않았다) 브루노 타우트에게 헌정하는 시적 아포리즘 『유리건축』을 썼다.

빛은 세계를 관통하여 크리스털 속에서 삶을 얻으리라.

유리로 된 궁전 없는 삶은 짐일 뿐이다. 색유리는 증오를 파괴한다.

발터 벤야민은 유리가 두 가지를 가져다주길 원했다. 새로운 빈곤 그리고 인테리어의 소멸. 새로운 빈곤은 자본주의의 대항마였고 인테리어의 소멸은 부르주아 문화에 대한 공격이었다. 둘은 새로운 인간과 사회의 기본 원리가 될 예정이었지만 역사는 벤야민의 반대 방향으로 질주했다. 그리고 그게 그의 재능이었다.

네비게이션 맵에 따르면 노르망디의 해안가가 지

척이었지만 육안으로는 아무것도 알 수 없다. 파도 소리는 들리지 않았다. 소금 냄새도 없었고 바닷바람을 연상케 하는 강한 바람이 유선형 차체를 감싸 흘렀지만 가로등이 없는 도로에는 달을 반사하는 아스팔트 흔적만 끝없이 이어졌다. 엠은 운전대를 쥐고 있었다. 갈리폴리 전투에서 사망한 영국 비평가 스콧 딕슨의 기록에 따르면 야간 운전은 허공에 떠 있는 널빤지 위를 달리는 것과 같다. 속도, 방향, 움직임의 감각은 송두리째 사라지며 엔진의 저음과 홍예의 속삭임 외에는 아무것도 존재하지 않는다. 곧이어 나의 경계도 희미해진다. 스콧 딕슨의 글은 운전이 인류의 필수 기예가 되기 전 그 낯섦을 담은 최초의 기록 중 하나이다. 엠은 인공 불빛이 존재하지 않는 이국의 해안 마을에서 20세기 초 야간 운전자들의 시계 속으로 들어갔다. 지수는 잠들었으며 지수는 핸드폰 사진첩을 뒤적이며 낮에 갔던 몽생미셸의 사진을 보고 있었다.

뭐 해?

인스타그램 업뎃.

양 떼를 보느라 시간을 지체한 탓에 몽생미셸에서의 일정이 예정보다 길어졌다. 몽생미셸 주차장으로 가는 길에 광활한 들판이 펼쳐졌다. 늪지와 습지, 바다로 이어지는 웅덩이가 깨진 거울 파편처럼 흩어져 구름과 하늘을 반사했고 녹색과 파란색, 부드러운 재질의 회색 점토가 뒤섞인 땅 위로 주인 잃은 양 떼가 천천히 맴돌았다.

지금 출발해야 돼.

나와 지수들이 사진을 찍고 뛰어놀 때 엠이 말했다. 에어비앤비 호스트의 이름은 올리베이라였고 그는 몽생미셸에서 한 시간 거리에 있는 투르빌 수르 시엔느에서 평일에는 농사를 짓고 주말에는 골프를 친다고 했다. 그가 내놓은 집은 아버지가 독일 건축가와 함께 지은 단층 주택으로 한쪽 면이 통유리로 되어 있었다. 별점은 없었지만 엠은 이 집이 바로 우리가 묵어야 할 집이라고 확신했다.

기포!

숙소에 가까워졌을 즈음 잠에서 깨어난 지수가 외쳤다. 꿈을 꿨는데 기포의 요정이 나왔다는 거였다. 와인을 사야 돼.

프랑스 문화는 자연에 대한 착취와 탐욕, 잔인한 관습이 특징이며 고급 요리의 상징 언어를 통해 그것을 증명한다.

우리는 마트에 들러 술과 음식을 샀다.

샴페인과 내추럴 와인의 생명은 기포야.

도로를 벗어나 좁은 골목과 언덕을 오르내린 끝에 숙소 부근에 도착할 수 있었다. 언덕 너머 초현실적인 푸른색 붉은색 조명이 희뿌연 안개와 섞여 밤의 대기로 퍼져나갔다.

저 빛은 뭐야?

지수가 말했다.

올리베이라는 짧게 친 흰머리의 중년 남자로 푸른색 워크 재킷에 청바지를 입고 있었다. 그는 플래시로 골목을 비추며 집을 안내했다. 하루 전 마을에서 살인 사건이 있었어요. 올리베이라가 주저하며 말했다. 당신들이 위험할 일은 없습니다. 저도 마찬가지고요. 여기서 차로 10분 정도 떨어진 집에서 일어난 일이고 아직 범인은 잡히지 않았습니다.

범인인 장클로드 로망은 십 대 전후의 남매와 아내를 둔 가장으로 존경받는 연구직 의사였다. 하지만 그것도 확실치 않습니다. 소문에 따르면 그는 일을 그만둔 지 10년이 지났고 지금까지 회사를 다니는 척 가족과 지인들을 속였다. 매일 차를 타고 자신의 얼굴을 모르는 도시로 가서 카페에 앉아 빵을 먹고 책을 읽었지요.

그는 아내와 자식들을 죽이고 집에 불을 질렀다. 경찰은 그가 마을에 숨어 있다고 생각했다.

왜요?

고장 난 차가 발견됐어요.

어느 쪽이 바다예요?

올리베이라가 지수의 등 너머 어둠을 가리켰다.

붉고 푸른 빛으로 물든 언덕의 맞은편이었다.

여기서 영국이 보이나요?

날씨가 좋으면 저지섬이나 건지섬을 볼 수 있습니다.

올리베이라는 밤에는 가능하면 돌아다니지 말라고 했다. 혹시 모르니까요.

근데 솔직히 누구세요? 진짜 올리베이라는 아니죠?

지수가 어둠 속에서 안광을 빛내며 말했다.

제 이름은 파울로 올리베이라입니다.

정말? 그렇게 믿어요?

무슨 말씀이신지?

올리베이라가 당황한 표정을 감추며 웃음을 지었다.

본인이 올리베이라라고 생각하세요?

……그렇죠. 저는 그렇게 알고 있으니까…….

그렇게 생각해요. 곧 아니란 걸 알게 될 거예요.

지수가 말했다. 달빛 아래 드러난 올리베이라의 얼굴이 점점 침울해졌다. 당신들은 단지 에어비앤비 고객일 뿐이고 우리는 공유경제 네트워크 속에서 동등한 거래자입니다. 그러니 저를 이런 식으로 대해선 안 됩니다, 라고 그가 마음속으로 중얼거렸다.

그만해. 지수가 지수를 말렸다.

올리베이라는 문을 열고 방을 안내했다. 통유리창이 있는 거실과 부엌, 각기 다른 방향으로 이어지는 방이 있었고 화장실이 딸려 있었다.

잘 감시해. 무슨 짓을 하는지 지켜보라고. 지수가
속삭였다.

그만 좀 해.

코리아에서 왔죠? 여자 골프 선수를 많이 알고 있
습니다. 두 유 라이크 골프?

올리베이라가 말했다.

파츠콰로에서의 대화

프리다 칼로는 앙드레 브르통을 늙은 바퀴벌레라
고 불렀다. 물론 그 앞에서는 말하지 않았고 브르통의
아내인 자클린 랑바에게 말했다. 자클린 랑바는 그 표
현을 좋아했지만 불편할 때도 있었다. 그때만 해도 브
르통에 대한 애정과 존경이 남아 있었다. 그녀는 처음
부터 앙드레 브르통의 저작에 매혹됐고 그가 살던 아
파트 근처의 나이트클럽에서 누드 수중 무용수로 일
하며 시간 날 때마다 그림을 그리고 그네를 탔다. 앙드
레 브르통 역시 그녀를 처음 본 순간 반했다. "어린양
처럼 빛이 나는 환상"을 봤고 "머리칼에 내려앉은 햇
살이 마치 인동덩굴 부케 같다"고 생각했다. 두 사람
은 곧 결혼했다. 우리는 유럽에서 기어들어 온 바퀴벌
레 한 쌍이야. 응? 뭐라고? 브르통이 말했다. 아니야.
랑바는 고개를 저었다. 곤충들도 무의식이 있어? 무슨

말이 하고 싶은 거야?

1938년의 여름이었고 유럽은 제2차 세계대전을 목전에 두고 있었다. 파시즘이 부흥했고 사람들은 망명 채비를 하거나 스페인 내전에 참전했다. 파리의 아파트에 자리한 발터 벤야민은 도서관에서 보들레르의 저작을 뒤적이거나 바타유가 주최한 사회학 연구 모임을 들락거리며 다가올 전쟁을 예감했고, 브루노 슐츠는 미래를 상상도 못 한 채 파리를 여행하며 자신의 작품을 걸어줄 갤러리를 구했지만 파리지앵들의 비웃음만 샀다. 레오노르 피니는 메이 웨스트의 굴곡을 따라 엘자 스키아파렐리의 향수 쇼킹shocking의 용기를 만들었고 생마르탱다르데슈를 거쳐 로마로 이주했다. 주나 반스는 T. S. 엘리엇의 서문을 단 『나이트우드』를 미국에서 출간하고 페기 구겐하임의 도움을 받아 그리니치 빌리지로 떠났으며, 루이 아라공은 스탈린 편에 붙어 잡지 《코뮌The Commune》과 신문 《오늘 저녁 Ce soir》을 출간했고, 스탈린은 지구에서 트로츠키를 쫓아버릴 때가 왔음을 알았다. 트로츠키와 그의 아내 나탈리아는 1937년 멕시코로 망명했고 멕시코시티의 코요아칸에 살며 디에고 리베라와 프리다 칼로에게 빌붙었다. 트로츠키는 종종 경호원에 둘러싸여 멕시코의 지방으로, 유적지와 작은 마을로 여행을 떠났고 자동차 시트에 몸을 구겨 넣은 채 아들 료바의 죽음과

부하린, 동료들의 얼마 남지 않은 삶에 대해 생각했다.

앙드레 브르통과 자클린 랑바는 1938년 6월 멕시코에 도착했다. 자클린 랑바는 프리다 칼로에게 경외감을 느꼈고 브르통은 트로츠키를 숭배했으며 디에고 리베라는 칼로가 자신의 영향력을 벗어났음을 예감했다. 트로츠키와 나탈리아는 아직 죽을 때가 아니라고 생각했다. 어쩌면 스탈린이 우리를 포기했을지도 몰라. 그들은 기관총을 든 경호원이 앞뒤로 탄 자동차 행렬 속에서 미초아칸 지역과 카르데나스 대통령의 개발 프로젝트가 진행 중인 14세기풍의 마을 파츠콰로를 탐험하며 길고 산만한 대화를 이어갔다. 신화로 남게 되는 이들의 만남은 '파츠콰로에서의 대화'라는 제목으로 출판될 계획이었지만 앙드레 브르통의 실어증과 게으름으로(그는 초고를 끝도 없이 미뤘고 화가 난 트로츠키는 사막 한복판에 그를 떨궜다. 비즈나가스 선인장 무리 옆에서 울고 있는 브르통을 보다 못한 자클린 랑바가 그를 다시 차에 태웠다) 책은 출간되지 못했다. 대신 브르통과 리베라가 서명한 「독립적이고 혁명적인 예술을 위한 선언」이 《파르티잔 리뷰》에 공개됐다. 트로츠키는 함께 서명할 예정이었지만 마지막에 빠졌다. 그는 젊은 마르크스를 인용하며 예술과 글쓰기, 선언에 대해 간명히 정리했다. 예술은 수단이 아니라 목적이다.

프리다 칼로는 초현실주의자였지만(정확히는 브르

통에 의해 초현실주의자로 선언되었지만) 뒤샹을 제외한 초현실주의자들을 큰 똥 덩어리라고 생각했다. 트로츠키의 경호원 장 판 헤이어노르트는 회고록에서 프리다를 청년, 소년, 여성이자 전사라고 말했다. 그녀는 남녀 가리지 않고 관계했고 농담하고 사랑했는데 아무도 어색하게 여기지 않았습니다. 기관총 세례를 받아도 침착하고 여유로운 트로츠키가 여행 중 가끔 선인장을 보고 수집욕에 눈이 돌아 바위산을 오르곤 했다며 사막의 내리쬐는 태양 속에서 트로츠키와 나란히 걷는 사람은 다리가 불편한 프리다밖에 없었다고 말했다. 하지만 경호원 뺨치는 육체를 가진 건 자클린이었습니다. 그녀의 그을린 팔과 다리는 검은 표범을 보는 것 같았고 지치거나 불평하는 법이 없었죠. 반면 살이 찐 디에고 리베라와 앙드레 브르통은 차에서 내릴 생각을 하지 않았다. 랑바는 두 손을 뻗어 트로츠키가 캐낸 선인장을 받았다. 그걸 파리에 가져갈 건가요? 트로츠키가 물었다. 랑바는 부케로 사용할 생각이라고 말했다. 누구의 결혼식입니까?

트로츠키는 1940년 8월 등산용 얼음도끼에 찍혀 살해됐다. 자클린 랑바와 앙드레 브르통은 파리에서 그 소식을 들었고 몇 달 후 망명을 위해 마르세유로 갔다. 파리를 탈출하려는 예술가와 지식인 들은 미국 구호 위원회의 배리언 프라이가 마련한 저택인 빌라 에

어벨에 머물고 있었다. 그들은 망명객들의 집이자 터미널, 환승 센터이자 음울한 파티장인 이곳에서 카드 게임을 하고 작은 전시를 열며 시간을 보냈고 마을 주민들 사이로 걸어 들어가 전운이 감도는 저녁 식사를 치렀다. 6개월 후 뉴욕으로 떠난 자클린 랑바는 그리니치 빌리지에서 만난 사진작가 데이비드 헤어와 사랑에 빠졌으며 브르통과 이혼했다. 1945년 데이비드 헤어와 결혼하고 뉴욕에서 살았지만 1954년 이혼한 뒤 다시 파리로 돌아왔고, 본누벨가에 혼자 살며 스튜디오에서 보이는 거리와 여름 휴가 때마다 오랜 시간 공들여 산책했던 남프랑스의 비오*biot*, 생아녜스*sainte agnès*의 계절과 풍경을 화폭에 담았다. 1967년 앙티브의 피카소 뮤지엄에서 그의 생전 마지막 전시가 열렸다. 랑바는 그날 이후 최소한의 관계만 가지며 산책과 그림 그리는 것 외에는 아무것도 하지 않았다. 친구 마리안느 클루조는 말했다. 말년의 그녀는 내내 여름 풍경만 그렸고 빛은 남쪽에서 온 것들이었습니다. 그녀는 우울하거나 비관적이어서 사람을 멀리한 게 아니었고 그녀의 집은 언제나 빛과 식물, 풍성하고 따뜻한 장식품으로 가득 차 있었어요. 말년 작품들은 어렵지도 날카롭지도 않았고 백사장처럼 끝없는 부드러움만이 펼쳐져 해변가 숲속 그늘에서 보낸 오후의 낮잠 같은 것이었다고, 아마도 그녀가 아메리카 대륙에 있었던 시절 같은 것이겠지요, 라고도 덧붙였다.

올리베이라는 골프채를 만지작거렸다. 밤마다 새로 산 골프채를 점검하는 것이 그의 버릇이자 행복이었다.

'더블보기.'

'동양인들은 모두 똑같이 생겼어.'

'나는 누구지? 나는 올리베이라인가.'

'우리 가족은 포르투갈에서 왔어. 지금은 나만 남았지. 가족! 그게 다 무슨 소용이람.'

'현상 수배.'

'이번 주에는 마크와 소피, 아우렐리아와 필드를 나가네. 초록색 피케 셔츠는 안 돼. 초록색을 입은 남자는 정력이 떨어져 보인다는 연구가 있거든.'

방에는 파트너인 프란시스가 자고 있었다. 그녀는 자면서 방귀를 뀐다.

'혼마 비즐 535 아이언.'

축축한 바람이 불었고 달무리가 졌다. 올리베이라는 달빛에 드라이브헤드를 비추며 에어비앤비를 하길 잘했다고 생각했다. 새로운 사람들을 만나니 철학적이 되는 기분이야.

'누가 세계 최고의 부자지? 스티브 잡스? 그는 죽었어. 빌 게이츠? 그도 죽었어. 부자도 죽는군.'

현실을 견딜 수 없지만 포기하고 싶지 않다면 패턴을 이해해야 한다

1. 엠은 노르망디 촌구석에 있는 이 집이 예술가들의 피난처, 망명지, 또는 스스로 선택한 유배지라고 상상했다. 다가올 종말론적인 미래 또는 역사의 마지막에서 다음 단계로 넘어가기 위한 교차점, 새로운 마르세유. 친구들은 술에 취해 〈쇼미더머니〉를 틀었다.

2. 나는 프레임 파괴자다. 지수가 말했다.

3. 그들은 모두 술에 취했다. 마트에서 사 온 다섯 병의 와인이 바닥을 드러냈다.

4. 초현실주의 그룹에서 가장 사랑받고 저주받은 커플인 레오노라 캐링턴과 막스 에른스트는 1938년 아비뇽에서 50킬로미터 떨어진 생마르탱다르데슈의 농가로 이주했다. 정원에는 초현실주의적 혼종 인간, 양성인, 가장 우월한 새 롭롭과 켈트의 백마가 살았고 보수적인 마을 주민들은 손님으로 온 레오노르 피니가 남자인지 여자인지 구분하지 못했다. 큰 키에 이글거리는 광대뼈, 깃털 장식과 레오파드 무늬, 금과 실크, 사치스러운 옷과 보석 들. 프랑스가 나치에 점령될 즈음 클로드 카엉과 마르셀 무어는 영국령인 저지 섬의 저택을 사고 그곳에 틀어박혀 자신들만의 왕국에서 현실과 비현실적으로 연계되는 작업들을 수행했다. 그들의 작업은 진정한 의미에서의 저항 예술로 오

직 그 순간 그 장소에서만 나타났다 사라지는 드문 종류의 사건이었다.

5. 엠이 말했다. 전에 쓴 그 소설 있잖아, 거기 나오는 엠이 나야? 뭐? 밤늦게 자동차 타고 달린다, 뭐 이런 제목이었던 거 같은데. 아니야. 확실해? 나 아니야, 나? 읽어봤어? 읽어봤지. 너야? 아니. 그런데 왜? 주인공 이름이 엠이잖아. 너 엠이야? 나…… 내가 엠인가? 엠이 말했다. 엠은 너 아니야? 엠이 말했다.

6. 1944년 뉴욕에서 출간된 초현실주의 잡지 《VVV》에는 레오노라 캐링턴의 구술 기록 「저 아래에서」가 실려 있다. 이야기는 이렇게 시작한다. 정확히 3년 전 나는 스페인 산탄데르에 있는 모랄레스 박사의 요양원에 억류되었다. 마드리드의 파르도 박사와 영국 영사가 나를 치료가 불가능할 만큼 미쳤다고 진단한 까닭이었다. 제2차 세계대전이 발발했고 막스 에른스트는 파시스트 군대에 의해 포로수용소로 끌려갔다. 홀로 생마르탱다르데슈의 집에 남은 레오노라 캐링턴은 강렬한 환영과 환각적 픽션 쓰기, 슬픔과 고통을 겪으며 자신이 찢겨져나가는 걸 느꼈다. 영국 친구들이 그를 구출하기 위해 왔고 그들은 차를 타고 국경을 넘어 마드리드에 자리 잡았지만 전쟁과 파시즘으로 불안과 욕망, 공포로 쑥대밭이 된 도시의 영국 사업가들은 캐링턴을 배신했고 그는 거처를 잃었으며 스

페인 파시스트 장교에게 납치되어 강간당했다. 겨우 영국 영사관으로 도망친 그는 의사의 진단에 따라 정신병자로 분류됐다. 치료진은 알몸의 그를 가죽끈으로 침대에 묶고 카르디아졸을 주사했다. 완전한 절망, 약의 부작용과 효과로 그녀는 거듭되는 환각을 경험했다.

나는 삼위일체 중에 셋째 사람의 자격으로 '저 아래'로 내려갔다. 나는 태양의 섭리를 통해 내가 자웅동체이고, 달이고, 성령이고, 집시이고, 곡예사이고, 레오노라 캐링턴이고, 한 여자라고 느꼈다.

캐링턴은 런던에서 온 유년 시절 유모의 도움을 받아 마드리드의 카페 화장실 창문으로 탈출했다. 멕시코 대사관으로 피신한 그는 피카소의 친구인 레나토 르두크를 만났고 위장 결혼을 한 뒤 포르투갈, 뉴욕을 거쳐 멕시코에 정착했다.

7. 안나 제거스의 소설 『통과비자』는 이동에 대한 이야기다. 이동하면서 자신을 잃어버린 사람들과 이동하면서 자신을 찾은 사람들에 대한 이야기.

8. 엠은 마르세유에 갔다고 말했다.

9. 여기서 수영하면 저지섬까지 갈 수 있어.

10. 정원에서 스윙을 연습하던 올리베이라는 동양

인 손님들이 떼를 지어 어둠 속으로 사라지는 모습을 보았다. 채널 해협 방향으로.

11. 언제부터 언어가 누구의 소유가 되었는가? '오로지 나만의 언어'가 있는가? 당신은 누구인가?

12. 크리스티안 펫졸드는 2018년 안나 제거스의 소설『통과비자』를 원작으로 한 영화〈트랜짓〉을 찍었다. 그는 리처드 포턴과의 인터뷰에서 안나 제거스는 동독을 대표하는 공산주의 작가였지만 자신을 비롯한 서독의 요즘 사람들은 시시한 작가로 생각했다고 말했다. 그녀의 언어와 은유는 낡고 유치해 농담거리에 적합한 수준이라고 생각했죠. 베를린장벽이 무너진 1980년대의 마지막 해 어느 날, 펫졸드는 하룬 파로키와 BMW를 타고 축구 시합을 하러 가는 길에 그렇게 말했다. 그런 물건을 아직도 읽는 사람이 있냐고, 너무 구닥다리라고. 하룬 파로키는 분노하며 차를 세웠다. 그딴 소리나 할 거면 차에서 내리라고 말이다. 안나 제거스를 제대로 읽은 적이나 있냐고, 뭘 안다고 그렇게 말하냐고.

펫졸드는 파로키의 소개로『통과비자』를 읽었고 이어『죽은 소녀들의 소풍』을 읽었다. 죽이는 물건이더군요. 읽지도 않고 그녀를 평하거나 읽을 때에도 단지 제 생각을 읽고 있었다는 사실을 그제야 알았습니다. 하룬 파로키는 4년 전에 죽었고 펫졸드는 종종 그가 묻힌 베를린의 공동묘지에 갔다. 존 포드의 「영 미스터 링컨」에서 헨리 폰다가 첫사랑 앤 러틀리지의 묘지에 가는 장면 기억하세요? 여우털 모자를 쓴 링컨이 눈 쌓인 묘지에 꽃을 들고 찾아옵니다. 그는 법을 공부하고 싶지만 자신이 없고 미래에 확신이 없습니다. 그는 죽은 자에게 선택을 미룹니다. 나뭇가지를 눈밭에 꽂고 이 가지가 내 쪽으로 넘어지면 나는 포기할 거야, 하지만 무덤 쪽으로 넘어지면 법을 공부하겠어. 나뭇가지는 무덤 쪽으로 넘어집니다. 그가 은근히 무덤 쪽으로 유도한 걸까요? 그건 모르죠. 그렇지만 현명한 사람은 죽은 사람과 대적하지 않는 법입니다.

『통과비자』는 나치에 점령된 프랑스를 탈출하기 위해 마르세유에서 비자 발급을 기다리는 사람들의 이야기다. 주인공 남자는 어느 작가의 짐을 맡게 되고 사람들은 그를 작가로 오인한다. 그가 사랑에 빠진 여자는 그의 가짜 신분인 작가의 진짜 아내이며 그녀에게는 정부인 의사가 있다. 안나 제거스는 망명을 위해 머물던 마르세유에서 『통과비자』의 집필을 시작했다. 1941년 마르티니크행 기선 폴 르메를호를 타고 유럽을 떠났고 마르티니크와 산토도밍고, 뉴욕, 베라크루스와 난민수용소, 선박, 기차, 버려진 농가, 갈 곳 잃은 사람들이 모인 빌라, 길게 늘어선 줄로 가득한 영사관을 지나며 탈출과 체류, 망명이 교차하는 이동 기간 내

NADJA

내 소설을 썼다. 『통과비자』는 다음 문장으로 끝난다. 그녀가 도저히 찾을 수 없는 죽은 자를 찾는 일에 지치기보다 차라리 내가 기다리는 일에 지치는 편이 더 빠를 것이다.

안나 제거스는 1943년 6월 25일 멕시코시티에서 교통사고를 당해 죽음의 문턱까지 갔다. 의사는 기억과 인지에 손상이 있을지도 모른다고 했다. 그녀는 자신이 무언가를 영원히 잃어버렸다고 생각했지만 문제는 무엇을 잃어버렸는지 알 수 없다는 사실이었다. 잃어버렸다는 사실을 기억하지 못한다면 그것을 잃었다고 할 수 있을까. 그것이 나에게 가장 필수적인 것이었다고 할지라도 말이다. 그녀는 병상에 있는 동안 『통과비자』를 완성했고 『죽은 소녀들의 소풍』 집필을 시작했다.

13. 엠은 정말 파도 속으로 들어갔다.

14. 어둠 속에서 바다를 볼 수 없어 핸드폰 플래시를 켰지만 발아래의 젖은 땅만 확인할 수 있었다. 지수는 불을 끄고 조금만 기다려보라고 말했다. 잠시 후 바다와 해변의 윤곽이 보였고 간조의 희미한 파도 소리가 들렸다.

15. 클로드 카엉으로 알려진 뤼시 슈보브와 마르셀 무어로 알려진 쉬잔 말레르브는 1922년 낭트를 떠나 파리 몽파르나스의 아파트로 이주했다. 그들은 도심에 은거한 현대적이고 비타협적이며 외딴 여성들을 만났고 '심원한 예술의 친구들 연합'을 창립했다. '나자'라는 이름으로 활동하는 미국 출신 나이트클럽 댄서 비어트리스 웽어와 셰익스피어 앤드 컴퍼니를 운영하는 실비아 비치도 멤버였다. 연합 회원들은 섹슈얼리티, 정체성, 신체, 자아, 감정, 의식의 배치가 이전 세계와 다르게 교차되고 결합되는 실험에 몰두했다. 마르셀 무어는 나자의 의상과 신체를 담은 포스터와 엽서, 화보를 제작했고 클로드 카엉은 셀프 포트레이트를 찍고 연극에 참여했다. 사람들은 그들이 여성인지 남성인지 카엉인지 무어인지 나자인지 아니면 제3의 그 무엇인지 알 수 없었다. 클로드 카엉은 1930년대에 접어들며 초현실주의와 마르크스주의에 심취했

다. 그는 앙드레 브르통에게 보낸 편지에서 이렇게 말했다. "내 인생을 총체적으로 돌이켜볼 때, 나는 언제나 그래왔듯, 본질적으로 초현실주의자입니다."

그 아이는 아주 귀여웠고 어렸기 때문에 인형을 보면 그 뒤에 무엇이 있는지 보기 위해 눈알을 빼려고 했다

발표 지면

《에픽(Epiic) #01》(2020년 10/11/12월호)

이 글에 쓰인 텍스트는 다음과 같다.

제목은 『나자』의 문장을 변형해 가져왔다.

도서

앙드레 브르통, 『나자』 오생근 옮김, 민음사, 2008

브라이언 마수미, 『가상과 사건』 정유경 옮김, 갈무리, 2016

휘트니 채드윅, 『뮤즈에서 예술가로』 박다솜 옮김, 아트북스, 2019

크리스 크라우스, 『아이 러브 딕』 박아람 옮김, 책읽는수요일, 2019

피터 메리만·린 피어스 엮음, 『모빌리티와 인문학』 김태희·김수철·이진형·박성수 옮김, 앨피, 2019

하워드 아일런드·마이클 제닝스, 『발터 벤야민 평전』 김정아 옮김, 글항아리, 2018

발터 벤야민, 『역사의 개념에 대하여 / 폭력비판을 위하여 / 초현실주의 외 — 발터 벤야민 선집 5』 최성만 옮김, 도서출판 길, 2008

안나 제거스, 『통과비자』 이재황 옮김, 창비, 2014

데이비드 그레이버, 『아나키스트 인류학의 조각들』 나현영 옮김, 포도밭출판사, 2016

레오노라 캐링턴·킷 리드·L. 티멜 듀챔프·로즈 렘버그·네일로 홉킨슨, 『내 플라넬 속옷』 신해경 옮김, 아작, 2017

E.T.A. 호프만 외, 『독일 환상 문학선』 박계수 옮김, 황금가지, 2008

마르그리트 뒤라스, 『여름밤 열시 반』 김석희 옮김, 문학과지성사, 2020

아이작 도이처, 『추방된 예언자 트로츠키 1929~1940』 이주명 옮김, 시대의창, 2017

논문

Salomon Grimberg, 「Jacqueline Lamba: From Darkness, with Light」 『Woman's Art Journal』 vol.22, no.1, 2001, pp.1+5~13

Susana Oliveira, 「PAUL SCHEERBART'S KALEIDOSCOPIC FANTASIES」 『Brumal』 vol.5, no.2, 2017, pp.11~26

김수환, 「유리 집의 문화적 계보학: 세르게이 에이젠슈테인과 발터 벤야민 겹쳐 읽기」 『비교문학』 no.81, 2020, pp.51~87

이정연, 「클로드 카엉의 자화상과 오브제: 자기 파괴의 미학과 정치적 예술관을 중심으로」 『서양미술사학회 논문집』 no.32, 2010, pp.131~153

이미지

58쪽 듀크 원, 〈문어의 포위〉, 1919

74쪽 마르셀 무어, 〈나자〉 엽서, 1923년경

기타

야콥 파브리시우스, 〈나는너를중세의미래한다1〉, 아트선재센터, 2019.

Cineaste Publisher, 《CINEASTE》, vol.44, no.2, 2019

writersnoonereads, 〈Writers no One Reads〉, https://writersnoonereads.tumblr.com

지금은 영웅이 행동할 시간이다

이것은 실제로 있었던 이야기다. 코로나 바이러스로 전 세계의 공항과 기차역, 터미널, 카페, 술집과 거리, 삶이 봉쇄되고 멸균되기 전에 있었던 일이며 사람들이 진보적 낙관주의에 대한 희망을 품고 있었을 때의 이야기다. 그러나 돌이켜 생각해보면 그때 이미 헛된 꿈이었다는 사실을, 우리가 이뤘다고 생각한 것들이 스크린에 투영된 이미지였다는 사실을 알고 있었다. 조짐은 언제나 그 자리에 있다. 알 수 없을 뿐이다.

내가 런던으로 떠난 다음 날, 엠은 처음으로 자전거를 빌려 파리를 횡단했다. 동쪽에서 서쪽으로, 19구에서 시작해 오페라 가르니에를 지나 불로뉴 숲까지 갔다. 구글 맵이 알려준 것보다 1.5배의 시간이 걸렸지만 날씨는 완벽했다. 자전거에게 샹젤리제의 부산함은 걸림돌이 아니었다. 잘 닦인 자전거 전용 도로에서 바퀴를 굴리며 엠은 영화 속의 장면, 소설 속의 장면, 회화 속의 장면이 자신의 실재와 함께 현실이라는 이름으로 상연되고 있음을 느꼈다. 어떤 영화인지, 어떤 소설인지, 어떤 회화인지 말할 수 없지만 말이다. 뭔가 뭉뚱그려서, 어쩌면 스냅사진일 수도 있고 패션 화보일 수도 있고 CF나 무빙 이미지일 수도 있다.

유튜브 채널일 수도 있고.

그건 아니야.

내 말에 엠은 단호히 반대했다. 엠은 고전주의자다. 이런 말이 우스꽝스러워도 어쩔 수 없다. 태어난 연도로는 MZ세대였지만 엠은 이상할정도로 새로운 매체에 저항적이었다. 틱톡이나 유튜브는 상상할 수도 없었고 페북, 인스타, 트위터, 클하 모두 증오했다. 하지만 아이디는 있었다.

눈팅용이야.

엠이 말했다. 시대와 불화하려면 시대를 알아야 하거든.

흠…… 싫은 걸 위해 노력할 필요까지 있나. 이해가 안 갔지만 엠은 그런 사람이었다. 할머니가 입던 옷을 입고 다녔지만 꽂히는 브랜드가 있으면 거금을 썼고 머리를 감을 때 샴푸를 쓰지 않았지만 한번 자르면 유명 디자이너의 샵을 예약했다.

볼로뉴 숲에 간 건 루이비통 파운데이션에 가기 위해서였다. 9월 초에 있는 Architectural Journey 기간 동안 전시 없이 건물 내부와 루프트탑, 테라스를 공개했다. 프랭크 게리의 거대한 똥을 제대로 볼 수 있는 기회야. 엠이 말했다.

그래서 잘 봤어?

엠은 볼로뉴 숲에 이르기 직전 통과한 16구의 주택과 작은 규모의 아파트먼트들이 인상적이었다고 했다. 그곳은 어딘가 휴양지에 위치한 장소 같았어. 언덕을 넘거나 골목을 돌아 나가면 백사장이 나올 것 같은 느낌, 도로의 너비나 인도의 배치, 상점 간판의 색상, 바람의 세기나 감촉이 잘 조성된 해안가의 마을 같았고 자전거 바퀴 돌아가는 소리를 들으며 사람들 사이를 지날 때 생각했다고. 다른 게 있다면 냄새야, 여기는 소금기 어린 땀 냄새나 해산물의 건조되고 비린 향이 나지 않아. 그렇다고 10구처럼 오줌 냄새나 하수구 냄새가 올라오지도 않지. 모르겠어, 무슨 냄새일까.

하지만 문제는 짧은 횡단의 마지막에 일어났다. 엠은 10구로 돌아와 카페에서 커피와 뺑오레쟁을 먹었고 집으로 오는 길에 편집숍에서 데님을 샀다고 말했다. 평소에 눈여겨봐둔 일본 브랜드의 오카야마산 데님이었는데 팔더라구.

한국보다 더 싸게?

아니, 더 비싸게.

그런데 왜 샀느냐고 묻자 엠이 고개를 저었다. 너는 소비가 어떤 의미인지 이해하지 못하는구나.

물론 나는 이해하지 못했다.

허영심 같은 거야?

아니. 지정학. 엠이 말했다.

흠.

아무튼 엠은 자전거를 편집숍 앞에 세워두고 쇼핑을 했고 점원의 친절과 데님의 탄탄함에 매혹되어 약

간 들뜬 기분으로 밖으로 나왔는데,

자전거가 사라졌어.

엠이 말했다. 분명히 자물쇠를 채웠는데 말이야, 자전거가 사라졌다고!

엠이 타고 다닌 자전거는 파리의 공유 자전거 벨리브였다. 메흐드! 엠은 흥분해서 가게 점원에게 자전거가 사라졌다고 말했지만 점원은 고개를 저었다. 반납을 하고 왔어야지. 파리 거리에 자전거를 세워두는 건 도난 방조나 다름없어.

그래서 지금 경찰서에 가는 길이라고 엠이 말했다. 벨리브 이용 약관에 따르면 자전거 분실은 300유로거든. 도난에 따른 책임도 이용자에게 있고. 엠은 경찰에 신고해서 벨리브를 찾을 거라고 했다.

괜찮겠어? 너무 위험하지 않아?

내가 말했다. 자전거를 훔친 게 지역 갱일수도 있고 그들과 연계된 아랍계나 아프리카계 조직, 세르비아인이나 체첸인들이 너를 가만두지 않을 수도 있어.

쓰레기 같은 할리우드 영화 좀 그만 봐.

엠이 말했다. 동네 꼬마가 훔친 거겠지. 아니면 처음부터 나를 노린 10구의 인종차별주의자나 섹시스트일 수도 있어. 그냥 넘어가지 않을 거야…… 파리 놈들, 본때를 보여주겠어.

엠의 파리 체류는 총 세 달이었고 자전거 도난은 첫 주에 일어난 일이다. 나는 엠과 함께 파리에서 지낼 예정이었지만 그 전에 먼저 일주일가량 런던에 머물러야 했다. 이유는 고서적 수집. 조지 오웰 100주기를 맞아 그의 책들을 모을 생각이었다. 엠에게 런던으로 오라고, 같이 다니자고 했지만 거절당했다.

우리는 페이스타임으로 대화 중이었다. 엠은 거리를 산책하며 통화했다. 생마르탱 운하의 검은 물길 위로 파리의 오렌지색 조명이 흩어졌다. 아직 끝나지 않은 여름의 바람이 스피커를 통해 들려왔다. 밤거리가 위험하지 않느냐고 했지만 걱정하지 마, 여기도 사람 사는 곳이야, 엠이 말했다.

엠은 조지 오웰을 고리타분한 작가로 생각했다. 경직된 리얼리즘? 단순한 메시지의 사회파 작가?

조지 오웰을 시시한 작가 취급하면 안 돼. 내가 말했다. 좌파와 우파 모두 좋아하는 단 두 명의 작가 중 하나거든.

또 하나는 누군데?

봉준호.

메흐드…….

엠은 어제저녁 알리베르 거리의 선술집 르 카리용에서 만난 사람들 이야기를 들려줬다. 르 카리용은 '황금 삼각지대' 중심에 있는 알제리 산악지방풍의 술집으로 스페인식 요리를 판매하지만 아무도 요리에는 관심이 없다. 테이블과 의자가 있지만 역시 아무도 관심 없다. 사람들은 모두 잔을 들고 서서 술을 마시거나 거리에 나와 술을 마신다. 당연히 엄청나게 시끄럽고 국적 불명의 음악이 영업 시간 내내 쿵쾅거리고 그것보다 더 큰 목소리들이 정신을 혼미하게 한다. 그러나 거리의 누구도 이의를 제기하지 않는다. 생마르탱 운하에 '돈키호테의 아이들'이라는 구호단체가 있었거든. 노숙자, 이민자, 걸인들을 위한 곳이었는데 르 카리용은 이들의 집결지였어.

여기가 왜 황금 삼각지대인지 알겠지?

음…… 왜?

엠은 르 카리용에서 베네를 만났다고 했다. 베네는 스타호크라는 이명으로 활동하는 공산당원으로 직업은 간호사였다. 벨기에 태생이고 파리에 산 지 3년, 베네와 같이 르 카리용에 온 남자는 인터내셔널 서커스 그룹에서 목마를 타는 남자로 얼마 전까지 충청에서 공연을 하고 돌아왔다. 이름은 기억 안 나. 그 사람도 공산당원이야? 아니. 그는 자신이 노동자라고 했어. 그리고 요즘 노동자들은 공산당을 지지하지 않는다는 말을 덧붙였지.

아무튼 베네는 엠이 서울에서 왔다는 이야기를 듣고 봉! 봉! 거리며 소리를 질렀다고 했다. 바로 며칠

전에 〈기생충〉을 봤다고, 정말 끝내주는 걸작이었다고 말이다. 그게 바로 우리 공산당원들이 원하는 영화야. 서커스 단원은 영화를 못 봤다고 했다. 사실 그는 영화를 보지 않는다. 1년에 한두 번 리암 니슨을 보러 극장에 갔고 대부분의 시간 동안 핸드폰 게임을 한다. 핸드폰 게임? 프랑스 사람도 핸드폰 게임을 해?

엠이 고개를 끄덕였다. 손이 이따만한데 그걸로 핸드폰을 만지작거리더라니까.

서커스 단원은 서울이 어딘지 안다고 말했다. 왜냐하면 자기는 베이징도 갔고 도쿄도 갔는데 서울은 그 사이 아니냐고, 당신의 나라에 가보지 못한 게 아쉽다고 말했다. 서울에서 인터내셔널 서커스 그룹을 초청하면 언제든 갈 용의가 있다고 했다. 나의 목마는 다리가 무지 길어서 바다를 걸어서 건널 수 있거든.

와우.

베네는 엠의 잃어버린 자전거를 찾아줄 수 있다고 말했다. 경찰 같은 관료주의 돼지 놈들은 믿지 말고. 대신 조건이 있어.

뭔데?

내일 있을 페테 드 뤼마니테에 같이 가자.

페테 드 뤼마니테는 매년 열리는 축제로 코뮤니즘 페스티벌로도 불린다. 프랑스 공산당 기관지였던 《뤼마니테》가 1930년 처음 시작해 지금까지 이어져온 유서 깊은 페스티벌이었다. 펄잼이나 시네이드 오코너, 프란츠 페르디난드, 이기 팝 같은 유명 뮤지션도 왔다. 당파적이거나 정치적인 목적을 위한 이벤트는 아니라고, 물론 페스티벌을 계기로 공산당에 입당하면 더 좋다고, 베네가 말했다.

종교나 정치나 선교하는 건 같구나. 엠의 이야기를 들은 내가 말했다.

그래서 가려고?

응. 자전거를 찾아야지. 엠이 말했다.

런던의 공유 자전거 산탄데르는 스페인에서 시작된 거대 은행 산탄데르에서 기증한 것이다. 런던 같은 대도시에 제대로 된 공유 자전거가 없다는 사실이 놀랍지만 신자유주의의 꾐에 넘어가 모든 걸 민간 영역으로 돌린 나라에서 흔히 일어나는 일이라고 엠은 말했다. 그러거나 말거나 나는 산탄데르를 타고 첼시 브릿지를 건너 배터시 발전소를 지났고 템즈강을 보며 BFI 사우스뱅크까지 갔다. 내셔널 시어터의 정원에 사람들이 가득했다. 비눗방울 만드는 행상을 쫓아 달리는 앵글로색슨계 아이들, 텅 빈 로비에서 헤드폰 끼고 믹싱에 열심인 흑인 청년, 3층 테라스에 모여 현대무용 동작을 반복하는 고스족 타입의 무리. 나는 1층 카페의 캠핑 의자에 앉아 아이스 아메리카노를 마셨다.

런던과 파리의 가장 큰 차이는 런던에선 어디서나 아이스 아메리카노를 살 수 있다는 사실이다. 파리 사람들은 아이스 아메리카노를 못 알아듣는 척하거나 미지근하게 얼음 하나 띄워준다. 이것도 신자유주의와 관계된 문제일까?

엠은 다음 날 아침 뷔트쇼몽이 보이는 10구의 주택에 베네를 만나러 갔다. 그곳은 밀짚모자를 쓴 왕년의 신좌파, 그러나 지금은 금융업에 종사 중인 디디에의 집으로 베네와 디디에 그리고 헝가리 출신인 페트라가 있었다. 페트라는 키가 180센티미터였고 양팔에 문신이 가득했으며 맨해튼에서 프로페셔널 도미나트릭스 일한다고 했다. 도미나트릭스? 그게 뭔데? 남성을 지배하는 여성. 페트라는 BDSM 던전에서 한 달에 만 달러씩 벌었다. 남자들은 그녀 앞에 스스로 무릎 꿇고 묶이고 기어다니고 촛농, 채찍, 피즐로 얻어맞으며 죄를 고백했다. 일종의 성직자라고 생각해. 페트라가 말했다. 죄를 사하는 게 아니라 죄를 짓는 거지만. 사실 이 둘은 비슷한 면이 있거든.

베네와 디디에, 페트라가 무슨 사이인지는 알 수 없었다. 나누는 얘기로 보건대 데면데면한 사이 같았다. 서로에게 별 관심 없어 보였고 다들 각자 떠들기 바빴다는 말이다. 대화라는 게 원래 그런가? 디디에는 아무나 붙잡고 자신의 여유와 경험을 떠들고 싶어 하는 제1세계 중년 아저씨였고 때때로 엠과 베네, 페트라를 음흉한 눈으로 쳐다봤지만 정확한 속내는 알 수 없었다.

그냥 생긴 게 그런 걸 수도 있잖아. 내가 말했다. 아무런 행동도 하지 않았는데 나쁜 사람으로 모는 건 좀 억울한 일이다. 무죄추정의 원칙이라는 것도 있고.

엠은 내가 한 말을 듣고 잠시 생각에 빠졌다. 무죄추정의 원칙이라는 말이 마음에 걸린다는 거였다. 나는 그냥 비유적으로 한 말이라고 했지만 엠은 고개를 저었다. 중요한 지점을 잘 짚었다는 것이다. 우리는 나쁜 일이 일어날 걸 알면서도 누군가를 비난하거나 의심하면 안 된다. 판단을 유보하거나 중지해야 한다. 특히 인간에 관해서는 더욱 그렇다. 문제를 미리 해결하려고 하면 폭력이 되니까, 매번 소 잃고 외양간 고치는 식으로 대응할 수밖에 없는 거지.

어쨌든 소는 잃을 수밖에 없다는 거네. 내가 엠의 의견에 동조하며 말했다.

그래서 우리에겐 새로운 소가 필요해.

엠이 말했다. 다시 말해 사고의 전환이 필요하다는 거였다. 어떻게, 라는 의문이 들었지만 묻지 못했다. 엠이 곧바로 새로운 소를 제시했기 때문이다. 엠의 새로운 소는 페테 드 뤼마니테에서 만난 한국인 유학생이었다. 일신상의 문제, 프라이버시 때문에 유학생의 이름은 알려줄 수 없다고 했다. 그러니 편의상 그의 이름을 엔씨*NC(New Cow)*라고 하자.

엔씨는 작고 마른 남자로 나이를 짐작할 수 없었다. 곱슬머리였는데 타고난 건지 햇볕에 그을려 꼬이기 시작했는지 알 수 없었고 밋밋한 안경 너머 조그만 눈이 어디를 보고 있는지도 알 수 없었다. 그는 땅에서 솟아난 듯 불쑥 엠의 일행 사이에 들어왔고 ― 그들은 메인 스테이지의 너른 잔디밭 어디쯤 막 자리를 잡은 참이었다 ― 디디에는 대놓고 그를 무시했지만 ― 알고 보니 둘은 안면이 있는 사이였다 ― 엔씨 역시 디디에를 무시했다. 페트라는 엔씨 같은 타입의 고객은 한 명도 없다고 말했다. 베네가 반전으로 엔씨 같은 타입에게 SM 취향이 있을 법도 하다고 했지만 페트라는 딱 잘라 말했다. 반전 같은 건 영화에나 있지. 엔씨가 만약 SM이라면 그는 괴롭힘을 당하는 쪽이 아니라 괴롭히는 쪽일 거라고, 그러니 나와 만날 일이 없어. 엔씨는 그 모든 이야기를 듣고 있었다. 다시 말해 그들은 엔씨에 대한 평가나 감상을 그의 면전에서 했는데 누구도 불편함을 느끼지 않았다. 엔씨는 어딘가 투명인간 같은 면이 있는 사람이었다.

메인 스테이지인 그랑 센느에는 정체불명의 펑크 밴드가 있었고 프랑스에서는 꽤나 인지도가 있다고 했지만 엠의 귀에는 시끄럽기만 했다. 페테 드 뤼마니테는 일반적인 락 페스티벌과 다를 게 없었다. 메인 스테이지가 있고 몇 개의 중소 스테이지가 있다. 뤼마니테가 열린 장소는 파리 외곽 도시인 라쿠르뇌브의 조르주 발봉 파크로 수도권에서 세 손가락 안에 드는 거대한 규모의 공원이었다.

엠 일행은 지하철을 타고 왔고 역에서부터 인파가 엄청 났다. 엠은 뭔가 대단한 실수를 했다는 사실을 깨달았다. 지하철에 온통 늙은이뿐인 거 있지. 진짜 늙은이가 아니라 중년들, 지나간 시절을 추억하고 자신의 상태를 고집하는 것 말고는 큰 관심이 없는 사람들이 인파의 대부분을 차지했고 그 외의 사람들은 딱 봐도 관광객이나 파리의 휘광에 이끌려 온 유학생, 이민자, 떠돌이 들이었다. 르 부르제역에 도착하자 사람들이 우르르 내렸고 엠은 그때부터 조르주 발봉 파크까지 줄곧 커다란 덩치들의 등을 보며 왔다고 말했다.

다른 게 있다면 그랑 센느 옆에 세계 각국의 공산당 세포가 차린 부스가 있다는 사실이야. 수십 개국의 공산당 또는 사회주의 당, 아나키스트 분파가 부스 안에서 뭔가를 하고 있었다. 굿즈를 팔거나 세미나를 진행하고 이벤트를 열었다. 한국 부스에선 풍물패가 사물놀이를 하고 있었다. 엔씨가 한국 부스에서 식혜를 받아 왔다. 네 잔을 들고 왔는데 디디에와 베네는 먹지 않겠다고 했다.

구더기가 떠 있잖아. 디디에가 말했다.

잇츠 라이스.

엠이 말했다. 디디에가 히죽 웃으며 고개를 저었다. 노노…… 내가 인류학자라면 이런 걸 먹겠지만 나는 애널리스트라고.

페트라는 한 잔 먹더니 눈이 뒤집혀 한 잔 더 마셨고 심지어 엔씨의 몫까지 뺏어 마셨다. 그리고 일어나서 트랜스 상태로 춤을 추기 시작했다. 아직 해가 쨍쨍했고 그랑 센느에선 느끼한 프랑스 남자가 랩과 샹송의 잘못된 결합으로 탄생한 노래를 부르고 있었다. 다시 말해 페트라의 춤과 어울리는 건 지상에 없었다. 음료에 뭐 넣은 거야? 베네가 말했다. 약이라도 탔어? 엔씨는 수줍게 미소 지었다. 아무것도……. 디디에가 어디선가 맥주 캔을 잔뜩 구해 왔고 스톤 콜드 스티브 오스틴처럼 마시는 걸 보여주겠다고 했지만 아무도 스톤 콜드 스티브 오스틴이 누군지 몰랐다. 그때부터 사람들이 뒤섞여 알코올을 들이붓기 시작했고 하나둘 일어나 춤을 추거나 대화를 나누고 어디론가 사라졌다고, 엠은 말했다. 엔씨는 술을 마시지 않았다. 그는 잔디밭에 홀로 앉아 시끌벅적한 사람들을 멍하니 보고 있었다. 엠은 엔씨가 거슬렸다. 그가 나쁜 짓을 했거나 나쁜 의도가 있어서가 아니라, 대체 왜 여기 있는지 알 수 없었기 때문이었다. 뭐지? 왜 우리 틈에 있는 거지? 내가 한국인이라서 그런가? 그럼 한국 부스에 가지?

이유가 뭐래?

내가 물었다. 엠은 그랑 셴느에서 한참 떨어진 공원의 호숫가를 걷고 있었다. 해는 졌고 주위는 숲속마냥 어두웠지만 멀리서 희미하게 쿵쿵거리는 베이스 음이 들렸다. 엠은 페스티벌에 있는 게 불편했지만 페트라가 난리를 치는 탓에 어울려 춤을 췄고 베네의 손에 이끌려 이 스테이지 저 스테이지 다니며 술을 마시고 알 수 없는 버섯을 먹고 다양한 종류의 연초를 얻어 피웠으며 어느 순간 지쳐 쓰러져 잠들었다고 했다. 일어나니 아무도 없더라고, 그래서 혼자 잠깐 몸을 흔들며 놀다가 인도네시아 부스에 가서 미디어 아티스트와 공산당원, 이맘이 함께하는 토크를 보고 있는데 옆을 보니 엔씨가 있지 뭐야.

소름…….

엔씨는 불문학 전공자로 10년 전에 파리에 왔다고 했다. 박사가 목표였지만 석사만 수료했고 한국으로 돌아갈까 했지만 타이밍을 놓쳤다고 했다. 무슨 타이밍인지는 알 수 없었다. 요즘은 문학작품을 번역하며 지낸다고 말했다. 본격적으로 한 권 전체를 번역하는 건 처음이라고, 20세기 초 활동했던 초현실주의 시인(그러나 대부분의 초현실주의자가 그렇듯 곧 그룹에서 탈퇴

한) 기 로지의 유일한 소설로 한국에는 물론이고 영어권 국가에도 번역되지 않은 책이라고 했다. 사실상 프랑스에도 거의 알려지지 않은 작가예요. 그는 10구의 자선단체에서 운영하는 헌책방에서 이 책을 구했다며 단돈 1유로에 샀다고 말했다. 헌책방의 주인은 그와 오랜 기간 알고 지낸 백발의 이자벨로 책을 사는 사람이 없다, 책을 버리는 사람만 있는 것 같다, 그런데 왜 계속 책이 나오는 거지, 같은 소리를 매번 늘어놓았다. 아무튼 기 로지의 텍스트는 전설에 값하는 놀라운 것이었다. 그런데 번역을 시작한 지 한 달 뒤부터 이상한 일이 일어나기 시작했다. 초반의 맹렬한 속도와 흐름이 잦아들며 번역을 제대로 하고 있는 게 맞는지, 이 텍스트를 통째로 오해하고 있는 건 아닌지 지금까지의 내용을 생각했을 때 지금처럼 전개되는 게 말이 되는지 의문에 휩싸였을 때, 엔씨는 번역 원고가 스스로 진행된다는 사실을 발견했다.

무슨 말이야?

그러니까 밖에 나갔다 작업실에 돌아오니까 번역이 되어 있었다는 거야. 아직 시작도 안 한 부분이 한 페이지가량, 그 전의 원고에 이어서 번역되어 있었다는 거지. 엔씨는 자기가 착각했나 싶었다고, 그럴 수도 있잖아, 깜빡했다거나, 전에 미리 해둔 부분이었다거나. 근데 아니었다. 그날 이후 엔씨가 작업실을 비우면

번역은 자동으로 진도가 나갔고 심지어 번역의 질도 거의 완벽에 가까웠다고 했다. 누가 장난치는 거 아닐까 생각했지만 엔씨의 작업실을 아는 사람은 거의 없었고 불어를 한국어로 번역할 수 있는 사람은 더더욱 없었다.

흠…… 미친 사람이네.

내가 말했다. 엠은 어깨를 으쓱했다. 나도 그렇게 생각했어. 그래서 그냥 어떡해요, 근데 저는 가봐야 될 것 같아요, 라고 말하고 여기로 왔지. 그렇지만 엔씨가 나쁜 사람인 거 같지는 않다고 엠은 말했다. 너무 열심히 공부하고 너무 외롭고 그러다 보니 정신이 약간 이상해진 거 아닐까. 아니면 정말 그런 일이 생긴 걸지도 모르고(완전자동번역!) 그것도 아니면 이 모든 게 장난질일지도 모르지.

나는 엠의 말 중에 뭐가 가장 합리적인 것일까 생각했지만 알 수 없었다. 누군가 이해할 수 없는 소리를 하면 그걸 어떻게 받아들여야 할지 매번 곤란했다. 그런 상황은 가능하면 피하는 게 상책이다. 모른 척하거나 그 사람이 이상한 거라고 생각하는 식으로 치워두는 거다. 하지만 가끔 그렇게 눙치고 지나갈 수 없을 때가 온다. 사실상 우리 삶 전체가 대충 넘어가고 있는 거라는 사실을 깨닫게 되는 순간이 오는 거다.

나는 숙소에서 멀리 떨어지지 않은 KFC에서 치킨

세트를 먹고 있었다. 밤늦은 시간이라 문을 연 가게가 이곳밖에 없어서 런던까지 와서 KFC에 오게 됐다고 말하고 싶지만 솔직히 말하면 익숙한 음식이 그리웠다. 글로벌 프랜차이즈 정크푸드에 대한 노스텔지어? 건너편 테이블에 두 남자와 한 명의 여자가 있었는데 그중 한 사내가 페이스타임 하는 나를 흘깃 쳐다봤다. 팔뚝이 내 몸통만 한 백인으로 나이가 꽤 있어 보였고 극우주의 폭주족이나 프로레슬러처럼 생겼다. 엠은 이제 슬슬 집으로 가야겠다고 말했고 우리는 전화를 끊었다. 나는 남은 프렌치프라이를 뒤적거리며 인스타그램과 트위터를 확인했다. 그때 백인 사내가 내게 말했다.

웨얼 어 유 프롬?

코리아…….

노스? 사우스?

사우스…….

나는 짧은 영어가 들통날까 싶어 짧게 대답했는데 그는 이미 나에 대한 판단을 끝낸 것 같았다. 사내는 우람한 팔뚝을 의자에 걸치고 몸통을 내 쪽으로 돌리고 말했다. 식사하는 곳에서 그렇게 시끄럽게 떠들어도 돼? 너희 나라에서는 그렇게 하나 보지? 나는 입을 다물고 주변을 둘러봤다. KFC에는 몇몇 사람들이 더 있었고 대화를 나누거나 핸드폰으로 영화 따위를 보며 식사를 하고 있었다. 카운터에는 중동 계열의 점원들이 수다를 떨며 주방을 정리 중이었다. 사내가 근육을 꿈틀거리며 다시 말했다. 내 말 안 들려? 남의 나라 와서 떠들어도 되냐고? 쏘리……. 내가 말했다. 뭐라고? 쏘리……. 백인은 아예 내 쪽으로 몸을 돌리고 앉았다. 카키색 민소매 티를 입은 그의 징그러운 상체가 적나라하게 보였다. 목에는 체인 액세서리를 하고 있었다. 그의 일행들은 그가 하는 행동을 모른 척했다. 사내는 두꺼운 손을 들더니 손가락을 자기 쪽으로 까딱까딱했다. 이리 와봐. 네? 이리 와보라고. ……. 나는 프렌치프라이를 손에 들고 엉거주춤했다. 이것만 먹고…….

왓?

리브 힘 얼론.

그때 옆 테이블에서 홀로 햄버거를 먹던 중년의 백인 여인이 말했다. 리브 힘 얼론, 퍽킹 이디엇. 사내가 그녀를 바라봤다. 왓 얼 유 룩킹 앳. 리브 힘 얼론. 여인이 다시 말했다. 그리고 내게 걱정 말라고 했다. 나는 몸이 굳어 아무것도 할 수 없었다. 백인 사내는 여인을 보고 다시 나를 보더니 고개를 돌렸다. 혼자 구시렁댔지만 알아들을 수 없었고 사내의 일행들이 그에게 햄버거를 건넸다. 나는 얼른 자리에서 일어나 남은 음식과 그릇을 정리하고 밖으로 나왔다.

숙소로 돌아오는 내내 백인 사내가 쫓아올까 봐 몇 번이고 돌아봤다. 거의 달리다시피 걸어서 ─ 진짜 달리면 눈에 띄니까 빠른 경보로 걸었고 ─ 들어오자마자 자물쇠란 자물쇠는 다 잠갔다. 사내의 덩치라면 에어비앤비의 허약한 문 따위 한 방에 박살 낼 것 같았지만 그래도 심리적인 안정이 필요했다. 나는 잠시 침대에 앉아 문 쪽을 바라봤다. 침착하자. 덩치가 크긴 해도 나이가 많으니까 막상 싸움이 벌어지면 해볼 만하다…… 뭐가 해볼 만하지……. 나는 엠에게 전화를 걸까 했지만 우스운 꼴이 될 것 같아 참았다. 그렇게 조금 있으니 마음이 진정됐다. 사내는 쫓아오지 않았고 거리는 적막했다. 중년 여인에게 고맙다는 말을 하지 못한 게 마음에 걸렸다.

샤워를 하고 침대에 누워 조지 오웰의 책을 펼쳤다. 영국의 국민성과 정치 성향에 대한 에세이에서 언급된 시인이자 공산주의자 존 콘포드의 시 「우에스카의 폭풍전야」를 봤고 핸드폰으로 전문을 검색했다. 시의 원제는 '티에르자의 만월'이며 이렇게 시작한다. "과거에, 빙하가 산을 뒤덮었고/시간은 서서히 흘러갔으며 모든 것은 어둠 속에 있었다." 마지막 구절은 다음과 같다. "우리가 미래다. 마지막 싸움을 준비하자." 존 콘포드는 1936년 12월 28일 스페인 내전에서 전사했다. 조지 오웰은 콘포드의 시를 1차 대전 선전용

으로 유행했던 헨리 뉴볼트 경의 시와 비교하며 두 시
모두 애국심을 고취한다는 측면에서 유사하다고 말
한다. 애국심만큼 좌파와 우파 모두에게 잘 먹히는 발
명품은 없다고 말이다. 또한 애국심은 무엇보다 중산
층 그룹의 애용품이며 그런 의미에서 중산층은 국가
의 근간이 된다고 말한다. 애국심과 그로 인한 군사주
의, 전쟁이 아무리 싫어도 대체할 무언가가 없다면 정
치에서 승리할 수 없다는 이야기다. 나는 자연화된 집
합적 정체성과 이데올로기에 대해 생각했고 들뢰즈가
말한 좌파의 조건이 떠올랐다. "좌파라는 것은" "멀리
내다보는 것"이다. 그에게 좌파는 거리의 문제였고 지
정학적 인간이었다. 멀리 있는 사람, 멀리 있는 사건을
자신의 일처럼 생각하는 것. 반면 우파는 자신의 앞마
당만 생각하는 사람이다. 그런 의미에서 한국인은 좌
우 모두 보수주의자다……. 너는? 흐릿한 형체의 엠이
묻는다. 나는 나를 위협하던 백인의 금발 머리칼과 팔
뚝을 떠올린다. 나는…… 멀리 있는 사람들을 생각한
다. 그러나 그 거리는 공간이 아니라 시간이며 관념과
매체 속에서 공간처럼 오갈 수 있는 장소다……. 나는
가수면 상태에서 조지 오웰의 에세이를 손에 들고 이
런 공상을 하며 드문드문 경련을 일으켰고 — 잠 속으
로 빠져든다는 신호, 꿈과 현실의 경계를 통과할 때 일
어나는 신체의 반응 — 그때 엠에게서 전화가 왔다. 소

란스러운 소리가 들렸고 화면은 핸드헬드로 찍은 액션 영화처럼 마구 흔들렸다. 엠의 얼굴이 어둠 속에서 갑자기 나타났다. 지금 지하철이 끊긴다고 해서 역으로 뛰어가는 중이야! 엠이 외쳤다. 무슨 말이야? 갑자기? 엠이 헉헉 소리를 냈다. 뒤에서 좀비 떼라도 쫓아오는 것처럼 사람들이 소리를 지르며 달려가고 있었다. 몰라! 베네랑 다른 애들이 다 전화를 안 받잖아! 엠이 말했다. 엠은 일행을 찾아 조르주 발봉 파크를 헤매고 다녔지만 아무도 찾을 수 없었다. 전화를 걸었지만 모두 받지 않았고 12시 즈음 되니 슬슬 걱정이 되기 시작했다. 뤼마니테의 사람들은 절반 이상으로 줄어 있었다. 그때 몇몇 사람들이 어디론가 급히 움직이는 모습이 보였다. 무슨 일이에요? 곧 지하철이 끊길 거예요. 지금 안 타면 여기서 자야 돼요. 여기서? 엠은 공원을 둘러봤다. 술이나 약에 취해 갈 데까지 간 인간들만 남아 있었다. 페테 드 뤼마니테는 우리말로 인류의 축제야…… 인류……. 사람들이 알 수 없는 소리를 지르며 떼로 뛰어가는 모습이 보였다. 보여? 보여? 으아아아악! 엠도 소리를 지르며 뛰어갔다. 그때 스피커에서 덜컥하는 소음이 나더니 화면이 빙그르르 돌았다. 괜찮아? 놀란 내가 외쳤다. 엠의 얼굴이 다시 나타났다. 넘어졌어. 아 씨발……. 엠이 말했다. 그러는 중에도 사람들은 지하철 입구로 몰려가고 있었다. 아니…… 막차가 뭐라고……. 엠이 도착했을 땐 간발의 차로 지하철이 떠나고 난 뒤였다. 제때 도착했더라도 아마 못 탔을 거야. 사람이 너무 많잖아. 이제 어떡할 거야? 엠은 주위를 둘러봤다. 막차를 놓친 사람들이 해파리처럼 지하를 떠다녔다. 우선 여기서 나가야지. 무슨 방법이 있겠지. 나는 엠에게 우버를 타라고 했다. 돈 걱정은 나중에 하고, 너무 위험하니까. 엠은 고개를 저었다. 근데…… 나 배터리가 다 됐어. 엠이 말했다. 뭐? 배터리가 1프로 남았는데……. 그리고 전화가 끊겼다.

엠이 르 부르제역 입구에서 서성거릴 때 엔씨가 다시 나타났다. 엔씨는 자전거를 타고 있었다. 엠은 순간 이 자식이 나를 스토킹하나 생각했지만 사물에 가까울 정도로 선하고 무력해 보이는 엔씨의 인상으로 미뤄 보건대 그런 것 같지 않았다. 자전거를 타면 파리까지 한 시간 안에 갈 수 있다고 엔씨가 말했다. 자전거가 없어요. 엠이 말했다. 엔씨는 뒤에 타라고 했다. 엔씨의 자전거에는 뒷좌석이 있었지만 엔씨와 엠의 체구는 비슷했고 자전거의 상태로 봤을 때 두 사람을 태우고 앞으로 나갈 수 있을 것 같지 않았다. 엠이 고개를 저었다. 그냥 걸어갈게요. 엔씨는 걱정 말라고 했다. 이 자전거는 이보다 더한 일도 해냈다고, 이 정도 역경은 문제도 아니라고. 엔씨는 헬멧을 썼고 광부처럼 헬멧에 달린 카바이드램프를 켰으며 천천히 페달을 밟고 앞으로 나아가기 시작했다. 엠과 엔씨를 태운 자전거가 어두운 국도 위를 천천히 달렸다. 걷는 것과 큰 차이 없는 속도로 움직였지만 때때로 검은 빙판 위를 미끄러지는 것처럼 앞으로 나아갔고 이상 기온 때문인지 9월 중순 파리의 밤하늘에서 부드럽고 따뜻한 지중해풍 바람이 불었다. 엠은 갓길에 버려진 차와 키 높이만큼 쌓여 있는 매트리스, 인터체인지, 고가도로 아래 줄지어 있는 텐트와 불을 피우고 모여 있는 사람들을 보았고 방리유의 낡은 주택가 사이를 통과하는 오토바이 무리에 둘러싸였지만 두렵지 않았다. 오토바이를 탄 친구들은 어리석고 시대를 알 수 없는 포즈를 취하며 멀어졌고 엔씨와 엠은 오르막이 나오면 자전거에서 내려 천천히 걸었으며 내리막이 나오면 엠이 앞에 타고 엔씨가 뒤에 탔다. 엠은 엔씨를 태우고 파리까지 충분히 갈 수 있겠다고 말했다. 생각보다 힘들지 않고 자전거가 좋다고, 지금부터는 제가 페달을 밟을게요. 그러자 엔씨가 말했다. 여기가 파리라고, 우리는 이미 목적지에 도착했다고.

사티에르는 프랑스어로 고양이가 드나드는 문이라는 뜻이다. 엔씨의 작업실이 있는 지하 동굴은 아홉 개의 사티에르를 통과해야 이를 수 있었다. 지하 동굴? 내가 반문하자 엠이 고개를 끄덕였다. 엔씨가 잃어버린 자전거를 찾아주겠다고 했거든. 파리의 카타콤에 대해서는 들어봤지? 엠이 말했다. 나는 고개를 저었다. 카타콤? 무덤?

엠의 말에 따르면 파리의 카타콤은 중세의 지하 채석장에서부터 시작됐다고 한다. 파리, 라틴어로 루테티아는 에오세 기간동안 생성된 천연 석회암 위에 지어진 도시였고 약 12세기경부터 사람들은 지하의 석회암을 파내 건물과 도시를 지었다. 수백 년간 진행된 채석은 파리 지하에 또 하나의 도시를 만들었고 거리, 교차로, 밀실, 광장, 수로 등 도시의 순환계에 필요한 모든 것이 거꾸로 뒤집힌 거울의 반대상처럼 땅 아래 형성됐다. 이후 파리는 지하도시를 적극 활용했다. 산 자들을 압박하는 죽은 자들의 흔적을 지하 공동묘지로 이관하고 전국 최대 규모의 버섯 농원을 만들었으며 — 파리 지하 원예학회의 회원 수는 2천 명이 넘었다 — 나치 점령기에는 레지스탕스가 피난처로 활용했고 전쟁 말기에는 비시정부와 나치가 숨어 지냈다. 지하 공간 마니아들인 카타필은 극장과 클럽, 바, 살롱 등을 땅 아래에서 운영했으며 버려진 채석장은 범죄자들의 밀수 공간, 은신처, 불법체류자와 노숙인들의 쉼터가 되기도 했다. 프랑스 정부는 1955년 이후 파리 지하망을 관광용으로 바꿨고 지하경찰, 이른바 카타플릭스들을 배치해 자유로운 이동을 통제했다. 그러나 카타필과 도망자들은 사라지지 않았고 여전히 지상 아래 존재했다.

엔씨는 16구의 집에서 쫓겨난 후 지하철역과 생마르탱 운하, 레퓌블리크 광장을 떠돌며 거리 생활을 했고 결국 카타콤에 자리를 잡았다고 했다. 한인 식당에서 일을 시작했지만 다시 방을 구할 생각이 들지 않았다. 비싼 월세도 문제였지만 그에게 지상의 집은 무의미했기 때문이란다. 노숙자, 지하 생활자는 생각보다 많았고 음식을 구하는 건 어렵지 않았다. 가장 큰 문제는 카타플릭스들로 그들만 피한다면 두더지처럼 살 수 있었다. 지하에는 주인이 없었다. 뤼 당페르, 사람들은 이곳을 지옥의 거리 또는 지옥으로 가는 입구라고 생각했고 진기한 구경거리라고 생각할 뿐이었다. 엔씨는 삶의 절반을 지하에서 보냈고 나머지 절반은 파리 시내를 떠돌며 보냈다.

엠은 엔씨를 따라 이틀간 지하에 머물렀다. 핸드폰도 안 되고 햇빛도 없고 나무나 꽃 같은 식물도 없고 어디서 오는지 모를 차고 축축한 바람이 가끔 불어와 피부에 닿았다. 그러나 따뜻하고 조용했고 냄새마저 코의 점막 안으로 차갑게 달라붙는 걸 느끼며 어쩌면 이곳에 누워 평생 지낼 수 있을지도 모른다고, 여기에선 시간 감각이 달라지고 시간 감각이 달라지면 필요로 하는 것과 욕망하는 게 달라진다고, 엔씨가 사물에 가깝게 보였던 건 그런 이유 때문이었는지도 모르겠다고 엠이 말했다.

잃어버린 자전거는 분더캄머라고 불리는 구역에 있었다. 이곳은 자전거들의 안식처, 굴러다니는 것들의 피안으로 도둑맞거나 주인 잃은 자전거, 고장 나고 기능이 손실된 저 세상의 체인과 바퀴, 타이어들이 모여드는 곳이었다. 누가 가져다 놓는 거야? 아무도. 엔씨는 자전거 스스로 이곳을 찾아온다고 말했다. 그의 번역 원고처럼 말이지? 그렇지. 엠은 진흙투성이가 된 벨리브를 끌고 버려진 지하철역의 터널을 통해 지상으로 나왔다. 이틀 동안 씻지 못했으니 거지꼴이었지만 이상하게 얼굴은 평소보다 더 맨질맨질하고 윤기가 흘렀다. 오카야마산 데님은 서부 개척시대의 미국 노동자처럼 더러워졌고 입에선 치즈 냄새가 났다. 엠이 자전거를 끌고 편집숍 앞을 지나는 모습을 본 점원이 엄지손가락을 치켜세웠다. 그러나 경찰과 벨리브는 엠이 찾은 자전거는 잃어버린 자전거가 아니라고 했다. 일련번호가 달라요. 자전거를 찾아준 건 고맙지만 이건 당신의 자전거가 아닙니다. 루이스 블랑가의 경찰서 접수계 직원 마르셀이 엠에게 말했다. 한번 잃어버린 건 다시 찾을 수 없어요. 찾더라도 예전 같은 모습은 아닐 겁니다.

다음 날 아침 엠은 파리 북역으로 갔다. 샤를 드골 공항에서 오전 11시 런던행 비행기를 탈 예정이었다. 엔씨는 자전거를 타고 역까지 따라 나왔다. 런던에서 돌아오면 보자고 말했지만 엔씨에게는 핸드폰이 없고 연락할 방법이 없었다. 그러나 르 카리용이나 알리베르가, 생마르탱 운하의 어디쯤에선가 갑자기 등장하겠지? 두더지처럼 말이야. 엔씨는 대답 없이 미소를 지으며 고개를 끄덕였다. 엠은 자전거를 찾아줘서 고맙다고 했다. 내 자전거는 아니지만. 그게 엠과 엔씨가 나눈 마지막 대화였다.

나는 런던의 글로스터로드 역으로 엠을 마중 나갔다. 엠은 평소와 다를 바 없는 모습이었지만 조금 하얘진 것 같기도 했다. 우리는 카페에서 팬케이크 따위를 먹으며 대화를 나눴다. 근데 엔씨의 자동번역 원고는 확인했어? 엠이 고개를 끄덕였다. 저절로 쓰여진 부분이랑 엔씨가 번역한 부분 필체가 완전 같더라구. 그래? 그러면…… 어떻게 된 거야?

그래서 내가 말했어. 전혀 다르지 않네요. 엔씨의 헬멧에 달린 카바이드 램프의 둥근 불빛이 원고를 비추었고 미색 종이가 희게 빛났다. 그렇죠. 그게 정말 이상한 점이에요. 엔씨가 말했다.

발표 지면

《악스트(Axt)》(2021년 5/6월호)

이 글에 쓰인 텍스트는 다음과 같다.

제목은 『피너츠』의 스누피 대사 "It's hero time"에서 가져왔다.

도서

조지 오웰, 『나는 왜 쓰는가』 이한중 옮김, 한겨레출판, 2010

디디에 에리봉, 『랭스로 되돌아가다』 이상길 옮김, 문학과지성사, 2021

로버트 맥팔레인, 『언더랜드』 조은영 옮김, 소소의책, 2020

내부순환

몰덴커는 남아 있을 것이다. 전설의 컬트 소설『모터맨Motorman』의 첫 문장이다.『모터맨』은 1972년 출간됐지만, 곧 절판됐고 30년간 망각 속을 떠돌았다. 작가인 데이비드 올David Oble 역시 소설과 운명을 함께했다. 청탁이 줄어들기 시작하더니 90년대 즈음에는 그가 작가라는 사실을 본인도 까먹을 지경이 된 것이다. 소설가로서 모든 희망을 버렸을 즈음, 데이비드 올은 뉴욕의 KGB라는 소그룹에서 연락을 받았다. 웬 어린놈이었는데 그가 전화를 받자 흥분해서 외쳐댔다. 진짜야, 진짜. 진짜 살아 있어.

그들은 데이비드에게 뉴욕으로 와줄 수 있냐고 했다. 수년 동안『모터맨』을 읽고 필사하고 사본을 만들어 배포했다고 말이다.

살아 계신 줄 알았으면 진작 연락드릴 걸 그랬잖아요.

데이비드는 막 설거지를 끝내고 창문 옆의 1인용 소파에 앉아 떨에 불을 붙이던 참이었다. 치익 소리를 내며 오렌지 불빛이 깜박였다.

아직 안 죽었다고 동네방네 소문이라도 내랴.

데이비드 올은 퉁명스레 대답했지만 다음 날 바로 비행기를 타고 뉴욕으로 갔다. 12월이었고 존 F. 케네디 공항의 활주로 위로 눈이 내리고 있었다. 데이비드

는 평생 중남부에 살았고 눈을 실제로 본 건 처음이었
다. 빌어먹을. 존나 예쁘군. 품에 넣어 온 50밀리리터
짜리 버번위스키를 마시며 데이비드가 중얼거렸다.

호준은 데이비드 올이 자신의 미래라도 되는 것처
럼 굴었다. 이제 더 이상 컬트 작가 같은 건 없다고 해
도 못 들은 척했다. 그는 『모터맨』의 세계관을 모델 삼
아 새 소설을 쓸 생각이라고 말했다.

호준을 처음 만난 건 동대문운동장도서관 강연에
서였다. 당시 나는 등단한 지 몇 년 안 된 젊은 작가였
고 첫 책이 나오고 한 달 정도 지난 때였다. 드문드문
북토크를 했지만, 도서관에서 하는 강연은 처음이었다.

파트너인 엠은 강연도 하고, 진짜 작가네, 라며 놀
리듯 말했다. 나는 덤덤한 척 굴었다. 그냥 의례적으
로 하는 거야, 라는 식으로 말이다. 그치만 내심 기대
를 했던 것 같다. 며칠에 걸쳐 자료도 준비하고 강연록
도 짰으니까. 어떤 독자가 올까? 무슨 질문을 할까? 내
의도를 눈치챘을까? 그런데 웬걸, 바깥보다 춥고 을씨
년스런 강의실에는 행사를 준비한 사서를 포함해 총
세 명의 사람이 앉아 있었다(모집 인원은 마흔 명이었
다). 두 명의 독자는 장년의 남성이었는데 불쾌한 표정
으로 나를 노려보고 있었다. 사서는 오전에 갑자기 난
방장치가 고장 났다고 했다. 온열기를 빌려 오긴 했는

데 저걸론 부족하겠죠? 방에서나 쓸 법한 작은 온열기 두 개가 덩그러니 켜져 있었다. 두 분이니까 각각 가져다 쓰면 되겠네요. 내가 말했다. 사서가 반색을 표했다. 정말! 그러면 되겠네요. 그러나 코드를 꽂아야 하는 온열기라서 위치를 옮길 수 없었다. 두 명의 독자는 온열기를 흘깃 보고는 그냥 자기 자리에 앉아 있었다. 외투로 몸을 꽁꽁 싸매고 말이다.

강연을 시작할 즈음 두어 명의 사람이 더 왔다. 그러나 그중 한 사람은 앉아서 주위를 살피더니 내가 이야기를 시작하기 무섭게 나갔다. 그리고 다시 돌아오지 않았다.

좀 움츠러들 수도 있는 상황이었지만 그러진 않았던 것 같다. 단 한 명의 독자라도 내 이야기를 듣는 사람이 있다면 그를 위해 말할 수 있는 거 아닌가, 라고 생각하진 않았고(한 명이라면 가방 싸서 나가는 게 서로에게 좋은 일일지도 모른다. 같이 커피나 한잔하든가) 그냥 준비해 온 이야기를 중언부언했던 거 같다. 강의를 절반쯤 했을 때 호준이 들어왔다.

호준은 제일 앞자리에 앉았고 나중에는 익숙해진 특유의 눈빛으로 나를 쳐다보며 강연을 들었다. 눈도 작고 안경도 썼지만, 그의 눈빛을 막을 순 없었다. 엠은 호준의 눈빛을 보면 한니발 렉터가 생각난다고 했다. 너무 다르잖아? 내가 말했지만, 엠은 확실하다고 말했다. 눈을 안 깜박여.

강연이 끝나고 호준은 봉투에 든 원고를 건넸다. 지금이라면 받지 않았을 것이다. 내게 줘봤자 아무런 소용이 없다고, 피드백을 받고 싶으면 글쓰기 센터나 워크숍을 가라고 말했을 것이다. 그러나 그때는 나도 어리둥절할 때였고 호준도 그랬다. 미색 A4 용지에 빽빽이 인쇄된 소설이 있었다. 제목은 '다람쥐 우리', 쓴 사람은 미치-미치. 호준은 수줍게 웃으며 미치-미치가 필명이라고 했다. 그제야 나는 이 사람이 별 특이할 게 없는 나와 비슷한 사람이라는 사실을 알 수 있었다. 이상한 타이밍이긴 하지만 아무튼 그랬다. 그렇지만 아무래도 미치-미치는 아닌 거 같아요, 라고 나는 시간이 꽤나 흐른 뒤 호준에게 말했다. 필명으로 쓰기엔 지나치게 튀는 이름이었다. 호준은 고개를 끄덕였다. 자신도 그렇게 생각한다고, 그래서 얼마 전에 개명을 했다고 말이다. 개명이요? 호준은 본명을 미치 미치로 바꿨다고 했다.

그 뒤로 미치 미치(구 호준)는 내가 하는 거의 모든 북토크와 강연에 모습을 드러냈다. 한 번도 제시간에 온 적은 없지만 말이다.

미치 미치의 소설은 소설이라기보다는 소설을 향해 느리게 전진하는 연속적인 메모들의 모음이었다.

시간편성주식회사의 성적 문란을 문제 삼았다가 "현실 온실"에 감금되는 한 남자의 이야기라는데, 무슨 말인지 도통 알아들을 수 없었다. 단어의 뜻만 겨우 해석했다고 할까. 다행인 건 엠이 미치 미치와 그의 소설을 좋아했다는 사실이다.

나와 엠, 미치 미치는 북토크나 강연이 끝난 후 종종 술자리를 가졌다. 미치 미치는 토크 중간에 왔고 엠은 토크가 끝난 뒤에 왔다. 두 사람 모두 토크에서 내가 한 얘기 따위에는 관심이 없었다. 신간에도 관심 없었고. 그들이 관심 있는 종류의 작품은 훨씬 그럴듯한, 이를테면 하룬 파로키나 아서 자파 같은 작가의 작품이었다. 뭐, 나도 그들을 좋아했기에 큰 불만은 없었다.

자주 만나진 못했지만 1년에 서너 번은 만났던 것 같다. 그렇게 시간이 흘렀고 그동안 미치 미치는 열대여섯 번 정도의 공모전에 떨어졌으며 엠은 두 군데의 직장을 관뒀다. 나는 글쓰기를 그만둬야 하나 고민 중이었다. 꾸역꾸역 작가 생활을 이어갔지만 미래가 보이지 않았고 재미도 오지게 없었다. 다른 일로 돈을 벌면서 혼자 즐길 글이나 쓰는 게 훨씬 낫겠다는 생각이 들었다.

그러던 어느 날 미치 미치가 전화를 걸어 엠을 어떻게 생각하느냐고 물었다. 엠? 뭘, 그냥 엠이죠. 나는 시큰둥하게 대답했다. 질문의 의도를 종잡을 수 없었

던 탓이다. 미치 미치는 잠시 망설이더니 생각지도 못
한 이야기를 털어놓았다. 사실 자신이 엠을 좋아한다
는 것이다. 처음에는 별생각 없었는데 어느 때부터인
가 엠을 만날 날만 기다려진다고, 북토크도 엠을 만날
수 있으리라는 기대감 때문에 온다고 말이다.

맙소사. 엠과 내가 파트너라는 얘기를 하지 않았
던가. 물론 우리는 그런 이야기를 딱히 하지 않았다.
그냥 보면 알겠거니 생각했던 것 같다.

나는 사실을 말했다. 괜히 분위기 어색해지지 않
게, 짧고 간명하게 진실을 전달했다. 엠은 나와 만나는
사이다. 그렇지만 미치 미치가 원한다면 엠에게 고백
하는 건 자유다. 부끄럽다면 내가 대신 전달해줄 수도
있다, 라고.

핸드폰에서 한동안 아무런 소리도 들리지 않았다.
아무래도 좀 충격을 받은 듯했다. 잠시 후 미치 미치
가 입을 열었다. 녹화 인격 딕시 플랫라인…… 네? 뭐
라고요? 미치 미치는 종잡을 수 없는 얘기를 늘어놓았
다. 새로 쓰고 있는 소설이 있는데 바이오해커가 나오
는 아프로퓨처리즘 계열의 유전공학 SF라나. 나는 잠
자코 미치 미치의 이야기를 들었다. 충분히 당황할 수
있겠다는 생각을 하며, 이 곤경을 또는 민망함을 미치
미치가 어떻게 타개할지 조금 궁금해하며 말이다. 동
시에 나라면 어떻게 했을까 하는 생각이 들기도 했다.

아마 전화를 끊고 창문을 연 후 뛰어내리겠지. 여긴 2층이니까 죽진 않을 것이다…….

엠에겐 있었던 일을 솔직하게 얘기했다. 엠은 별로 놀랍지 않다는 투였다. 본인의 치명적인 매력이 어쩌고저쩌고하는 말을 늘어놓았는데 그냥 못 들은 척했다. 미치 미치에게 연락이 오면 어쩔 거야? 만나 보고 생각해야지. 엠이 말했다. 폴리아모리 괜찮아? 나는 고개를 끄덕였다. 일반적인 상황이라면 말도 안 되는 소리라고 펄쩍 뛰었겠지만 미치 미치라면 함께 할 수도 있을 것 같았다.

그러나 미치 미치에게선 아무런 연락도 없었다. 강연에도 오지 않았고 우리도 따로 연락을 하거나 그러지 않았다. 그리고 시간이 흘렀다. 나는 강연 따위는 그만두고 직장을 얻었다. 어느 벤처 기업의 콘텐츠 사업부였는데 여기에 대해선 길게 이야기할 게 없을 것 같다. 강남으로 1년 동안 출근하면서 얻은 거라곤 원형탈모밖에 없었으니 말이다.

올해 겨울, 아무 일도 없었던 것처럼 미치 미치에게 연락이 왔다. 내부순환로 아래에 있는 카페에서 새 소설을 쓰고 있다며 시간이 되면 엠과 함께 들르라는 거였다. 홍제천변도 같이 걷고 말이다. 생뚱맞은 제안이었지만 좋다고 했다. 아마 그때 데이비드 올이라는 이름과 『모터맨』에 대해 처음 들었던 것 같다. 미치 미

치는 새 소설 때문에 뉴욕에 갔다 왔다고 말했다. 거기
서 누굴 만났는지 아세요? 누구요? 한니발 렉터? 네?
무슨 말씀이세요. 미치 미치가 말했다. 진짜 작가를 만
났어요.

2.

1951년 9월 6일 멕시코시티에서 윌리엄 버로스는
아내 조앤 볼머를 star.380 권총으로 쐈다. 파티 중에
있었던 일로 만취 상태의 두 사람은 윌리엄 텔 게임 중
이었다고 한다. 머리 위에 뭔가 올려놓고 총으로 맞히
는 게임이었다. 데이비드 올은 조앤 볼머가 윌리엄 텔
의 아들처럼 사과를 얹어놓았다고 알고 있었다. 윌리
엄 버로스는 총을 쏜 후 바닥에 떨어진 사과를 베어 물
었고.

실제로는 사과가 아니라 위스키 잔이었다. 두 사
람이 직전까지 마시던 필리핀산 진인 지네브라 산미
구엘이 들어 있었다. 버로스는 총기 마니아였고 취미
가 사격이었으며 백발백중의 명사수였지만 총알은 위
스키 잔이 아닌 조앤의 이마를 관통했다.

조앤 볼머의 죽음이 버로스의 삶을 구렁텅이로 몰
아넣었을지도 모르지만 버로스의 삶은 이미 시궁창이
었다. 그는 마약 소지죄로 쫓기는 약쟁이였고 결혼 생

활은 파탄난 지 오래였다. 사건 직후 체포되었으나 과실치사로 풀려났고 약에 취해 모로코와 파리, 스페인 등을 떠돌며 소설을 썼다. 그사이 무슨 일이 있었는지 모르지만—소설이 여기저기서 출간되긴 했다—뉴욕으로 귀환했을 땐 전설이 되어 있었다. 그의 신화에는 아내를 총으로 쏜 구제불능 약쟁이 예술가라는 그림자가 떠돌았다. 상식적으로 이해하기 힘든 일이었지만 풀리지 않는 미스터리 덕에 비극성과 아이러니가 더해졌다. 버로스가 이 사건을 은근히 이용해 명성을 쌓았다고 말하는 사람도 있었다. 그는 세간의 소문에 대구하지 않았고 재킷 주머니에 총을 넣고 다니는 그에게 직접 묻는 사람도 없었다. 대신 1985년판 『퀴어』의 서문에 이렇게 썼다.

내가 작가가 된 것은 전적으로 조앤의 죽음 덕분이라는 소름 끼치는 결론에 이르지 않을 수 없다. 그 결론을 더 깊이 생각하면, 그 사건이 내 글쓰기에 동기가 되고 내 글쓰기를 발전시켜 왔음을 깨닫게 된다. 나는 나를 사로잡은 유령의 끝없는 위협과 함께 살고 있으며, 그 사로잡힘에서, 조종에서 벗어날 끝없는 필요와 함께 살고 있다. 조앤의 죽음은 나를 침략자, '사악한 기운'과 만나도록 이끌었으며 평생토록 발버둥 치게 만들었다. 그 안에서 나는 나의 여정을 적어서 내보이는 것 말고 달리 아무 선택도 할 수 없었다.

다수의 전기 작가들은 이 부분을 예로 들며 윌리엄 버로스의 글쓰기 근원에 조앤 볼머의 죽음이 있다고 썼다. 평생 괴로워했고 죽음보다 더한 트라우마에 맞서 글을 썼다고. 반면 릴라 지넬레*Leela Ginelle*는 비치미디어의 지면을 빌려 이 사건을 완전히 다르게 봐야 한다고 주장했다. 명백한 가정폭력이자 살인이며 평론가, 동료 작가, 비트닉, 버로스의 팬, 문학사가들은 살인의 2차 가해자이자 동조자다. 문학의 역사는 2차 가해의 역사이며 병과 고뇌의 결과로서의 폭력, 숙명적이고 비극적인 후광에 매혹된 매 맞는 아내의 삶이었다고. 윌리엄 버로스는 죽기 1년 전 인터뷰에서 이렇게 대꾸했다. 그 어떤 페미니스트라도 내가 뭔가에 사로잡혀서 조앤을 쐈다고 한 말을 들으면 경기를 일으킬걸. 말도 안 되는 소리. 완전 개소리. 그가 한 짓이야. *Tell any feminist I shot Joan in a state of possession, and she will scream: 'Nonsense! No such thing. HE did it.'*

데이비드는 사건을 둘러싼 의견 충돌에는 특별한 입장이 없었다. 비록 『정키』와 『퀴어』, 컷업 3부작이 『모터맨』에 영향을 줬지만 개인사에 대해선 알고 싶지 않았다. 한두 세대 위인 비트 작가들과 그의 삶은 판이하게 달랐다. 데이비드는 그냥 문학을 전공하고 글쓰기 센터에서 작법을 가르치는 샌님이었다. 제3세계에서 약 빨고 총질하는 망나니들하고 전혀 달랐고 금기나 모험과도 거리가 멀었다. 『모터맨』도 캔자스대학 졸업 작품으로 쓴 거였다. 사람들은 예술가들이 온순해졌고 작가들은 출판 산업과 아카데미 주변을 맴돌며 계급 상승의 기회나 엿보는 겁에 질린 중산층 애들에 불과하다고 말했다. 작품이 지루하고 현실과 유리되었다나.

어쩌라고?

데이비드는 개의치 않았다. 어차피 그의 소설은 친구들 말고는 아무도 보지 않았다. 사실 친구들도 볼까 싶었다. 한번은 고등학교 동창인 게리 올슨이 술을 진탕 마시고 전화를 걸어 말했다.

모터맨은 흑인 안드로이드다!

뭔 소리야.

왜, 『멈보 점보』의 주인공 있잖아.

파파 라바스?

그래. 잠깐만 기다려.

게리 올슨이 전화를 끊었다. 데이비드는 잠시 수화기 옆에 서 있었다. 인생이 꼴같잖다고 생각하면서. 곧 다시 전화가 왔다. 따르릉.

여보세요.

모터맨은 파파 라바스다!!

…….

근데 멈보 점보가 무슨 뜻이야?

혼란스럽고 의미 없는 말이라고, 서아프리카에서 유래된 단언데…….

게리 올슨은 데이비드의 설명이 끝나기도 전에 숨이 넘어가도록 웃기 시작했다. 주변에 누군가 있는 모양이었다. 키득거리며 뭐라고 주고받는 소리가 들렸다. 베트남 전쟁을 반대하는 모양이야, 호모 아니야? 어쩌고저쩌고. 데이비드는 웃지 않았다. 전혀, 조금도 웃기지 않았다. 게리 올슨이 이제 전화를 끊어야겠다고, 플레이보이 출신 미녀들이 기다리고 있다고, 걸작을 쓴 소설가가 친구라는 사실이 언제나 자랑스럽다고 말했다. 데이비드는 구역질이 났지만 잠자코 있었다.

멈보 점보!

그러던 어느 날 데이비드는 윌리엄 버로스의 아들인 윌리엄 버로스 주니어의 유작 『프라크리티 교차로 *Prakriti Junction*』를 편집해달라는 제안을 받았다. 제안을 한 사람은 버로스의 비서이자 유령작가인 스티븐 로우로 그는 자신이 버로스에게 『모터맨』을 추천했다며 생색을 냈다. 버로스 주니어의 유령작가에 딱 맞는 사람을 찾았다며 말이다.

그즈음 데이비드는 소설 쓰기를 완전히 중단한 상태였다. 처음 겪는 작가의 블록이었다. 낮에는 수강생들에게 존 바스의『고갈의 문학』이나 도널드 바셀미의 작품을 가르치고 집에 와서는 타자기 앞에 멍하니 앉아 대마초나 피워댔다. 이 타자기를 덤벨로 써도 글을 쓰는 것과 별반 차이가 없을 것이다. 잔디깎이를 끌고 앞마당을 왔다 갔다 하거나 나무를 베어 책을 내는 것도 마찬가지다. 글쓰기를 가르치는 일이 나를 작살낸 걸까. 아니면 지금에야 진실이 드러난 걸까. 내게 문학적 재능이라고는 눈곱만큼도 없다는 사실 말이다.『모터맨』이 고든 리시와 알프레드 노프의 눈에 들어 출간된 건 우연에 불과했던 것이다.

데이비드는 매일 밤 뭔가 썼지만 아무에게도 보여주지 못할 글이라는 사실을 알 수 있었다. 첫 소설의 주인공 몰덴커의 음성이 유령처럼 집 안을 맴돌았다. 그만 좀 닥쳐. 데이비드가 중얼거렸다. 이러다가 미치는 거 아닐까.

나도 한때 소설을 썼지.

데이비드의 고충을 들은 스티븐 로우는 자신의 전사를 늘어놓았다. 바퀴벌레가 팬티 속을 드나드는 소호의 다락방에서 포르노 소설을 썼다나. 일주일에 300페이지씩 썼는데, 써도 써도 쓸 이야기가 넘쳐났다고 했다. 그때의 뉴욕은 그랬지. 골목마다 게이와 레즈비언 유령들이 넘쳐났어. 작가의 블록 같은 건 징징대는 샌님들이나 하는 소리야. 스티븐 로우는 버로스를 만나지 않았다면 자신은 베스트셀러 작가가 됐을 거라고, 시드니 셸던 같은 작자에게 왕관을 넘겨주다 니 억울하기 짝이 없다고 말했다. 그렇지만 난 지금에 만족해. 우린 모두 추방자니까.

데이비드는 수화기를 들고 가만히 서 있었다. 이 놈이나 저놈이나 떠들기 좋아하는 건 비슷하군.

스티븐이 영 가망 없는 뺑쟁이는 아니었다. 그는 버로스와 긴밀한 거리에서 작업을 했다. 연인이라는 소문도 있었고 『붉은 밤의 도시들』(1981)을 쓴 사람 이 스티븐이라는 소문도 있었다. 데이비드는 『붉은 밤 의 도시들』에 산재한 구린 파트들이 그것 때문이었군 생각했지만 말하지 않았다. 상황은 정반대일 수도 있 었다. 버로스는 영감이 다했고 염소수염을 기른 근육 질의 퀴어 스티븐 로우가 진짜 작가일지도 몰랐다. 버 로스는 언제나 젊은 남자의 육체를 필요로 했다. 그들 을 단지 조수, 비서라고 생각할 수도 있지만 문제는 훨 씬 복잡할지도 모른다. 버로스의 글쓰기는 근본적으 로 기생적이었고 그래서 다른 글쓰기를 파괴할 수 있 었다. 균사체처럼 모든 것을 분해하고 썩은 시체 더미 속에서 자실체를 퍼뜨리는 것이다. 그것이 새로운 생 명의 시작일지 멸망의 징조일지는 아무도 몰랐다. 스 티븐은 작가의 블록을 극복하는 데 유령작가 일이 도 움이 될 거라고 말했다. 결국 모든 작가는 유령-작가라고 말이다.

데이비드는 제안을 수락했다. 유령작가 따윈 되고 싶지 않지만 주니어의 유작에는 호기심이 갔다. 윌리엄 버로스와 조앤 볼머 사이에서 태어난 윌리엄 버로스 주니어는 보통 사람은 상상하기 힘든 파란만장한 삶 끝에 서른넷의 나이로 세상을 떠났다. 사인은 간경화. 셀러브리티 작가의 아들이자 그 또한 소설가였던 젊은 청년의 죽음은 전혀 화제가 되지 않았다. 지역 신문에 작은 부고 기사가 실렸을 뿐이다. 데이비드는 주니어의 첫 소설인 『SPEED』(1970)를 읽은 기억을 떠올렸다. 빅벤드 파크의 어둠 속에서 뿔을 쳐들고 길을 헤매는 한 무리의 동물들, 배고픈 양 떼를 먹이지 못하는 가우초의 고해성사. 그 막막함과 당당함은 소설의 내용이나 완성도와 무관한 충격이었고 버로스의 초기 소설을 생각나게 했다. 내가 만약 이 일을 해낼 수 있다면, 소설을 다시 쓸 수 있을지도 몰라.

나는 미치 미치를 보며 생각한다. 지금이라도 늦지 않았어요. 문학으로부터 도망쳐요. 그러나 미치 미치는 도망치기는커녕 출발선상에 선 그레이하운드처럼 눈 하나 깜박하지 않는다. 영영 끝나지 않을 무의미한 경주에 기꺼이 영혼을 바치겠다는 태도다. 새 아이디어가 떠올랐어요. 모닝사이드 애비뉴 63번지, NY.

　　뉴욕의 문청이라면 너도나도 데이비드 올을 읽기 시작했을 즈음 벤 마커스는 브라운에서 석사 과정을 밟고 있었다. 평소처럼 크리스마스 시즌을 맞아 맨해튼에 왔는데—파트너인 쉴라의 로프트에 짐을 풀었다—공기가 달라진 걸 느낄 수 있었다. 소규모 창작 그룹과 워크숍의 사람들이 등 뒤에서 수군대고 있었다. 예전에는 누구도 가지 않던 부시위크의 폐건물에서 낭독회가 열렸고 독자들은 재빠르게 모였다 흩어졌다. 뉴욕 지성계의 파국을 예감한 바퀴벌레들처럼 말이다. 쉴라는 내 알 바 아니라는 투였다. 뉴욕대 시절만 해도 그녀는 열정적인 아방가르드 지지자였지만 지금은 문학이라면 진저리를 쳤다. 졸업 후 출판사에서 일했는데 트렁크 팬티 차림으로 사무실을 돌아다니는 편집장을 목격한 것이다. 여긴 망할 거야, 내 인생도 망할 거고. 쉴라는 혼잣말을 중얼거리며 어퍼이스트사이드를 걸어 다녔다. 다음에 얻은 직장은 베이 에어리어에 본사를 둔 생명공학 회사의 뉴욕 지부 마케팅 부서였다. 얼마 지나지 않아 그녀에게 딱 맞는 곳이라는 사실이 만천하에 드러났다. 소호에 집도 구하고 커널 스트리트의 스시집에도 마음껏 갈 수 있던 것이다. 벤은 탐탁지 않았지만 참견할 순 없었다. 쉴라의 삶 아닌가. 문제는 밤만 되면 새로 구한 쉴라의 집 현관문을 누군가 쾅쾅 두드린다는 사실이었다.

쉴라는 별거 아니라며 어서 자라고 했다. 별거 아니라고? 저게? 벤이 나가봐야겠다고 하자 쉴라가 붙잡았다. 괜히 긁어 부스럼 만들지 마. 여긴 소호야. 벤은 대학을 다니며 브루클린에 5년간 살았지만 소호에는 살아보지 않았다는 사실을 겸허히 인정했다. 게다가 그의 고향은 텍사스 오스틴 아닌가. 동부의 밤에 대해선 무지하다는 사실을 받아들여야 했다. 소리는 5분에서 10분 정도 이어지더니 멈췄다. 쉴라는 언제 그런 일이 있었냐는 듯 잠에 빠졌다. 벤 역시 밤거리의 소음은 잊고 문학을 생각했다. 정확히 말하면 정보 버블이 시작된 21세기의 문학이 필요로 하는 것이 무엇인지 고민했다. 지금 시대에 부족한 것은 진정한 의미에서의 아방가르드, 실험 문학, 시대로부터의 탈출이다. 벤은 후고 발의 일기를 떠올렸다. 말은 버림받았다. 말은 상품이 되었다. 말은 홀로 내버려둬야 한다. 말은 모든 품위를 잃었다.

다음 날, 벤은 눈을 뜨기 무섭게 퀸즈에 살고 있는 망명 작가 이고르를 만나 수수께끼를 파헤치기 시작한다. 곧 데이비드 올이라는 생전 듣도 보도 못한 작가의 작품이 사미즈다트 형태로 뉴욕 언더그라운드 씬을 돌아다닌다는 사실을 알게 된다(뉴욕에 아직 언더그라운드 씬이 있다는 사실에 깜짝 놀란다. 대부분의 작품이 구제불능의 쓰레기다). 책을 구하기 위해 백방으로 노력하지만 그가 알던 인맥은 도움이 안 된다. 평소 저능아 취급하던 KGB의 우두머리들이 데이비드 올을 발견했다는 소문이 있다. 그들은 벤을 거머리로 생각하고 작은 소리만 들려도 박쥐처럼 숨는다. 클럽에서 『모터맨』이 전설과 컬트가 사라진 시대의 진정한 전설이라고 떠드는 소리를 듣는다. 흡연자를 위한 바의 화장실에서 낙서를 발견한다. 『모터맨』을 읽고 세 시간 동안 토했다. 이고르는 차를 빌려 골목에 숨어 있다가 데이비드 올을 납치하자고 제안한다. 동료 러시아 평론가와 함께 토머스 핀천을 납치하려고 벌판에서 반나절을 기다린 적도 있다고 말이다. 벤은 진짜 납치라도 하고 싶은 심정이다.

그날 밤에도 여지없이 문을 두드리는 소리가 들렸다. 쾅! 쾅! 쉴라, 쉴라. 데이비드가 속삭였다. 그러나 그녀는 곤히 자고 있었다. 삶에 완벽히 만족하는 사람의 숙면이었다. 벤은 문득 깨닫는다. 이 모든 일이 죽은 자의 방문이라는 사실을. 어둠 속의 소음이 유령의 공습경보라는 사실을. 안개 자욱한 지평선 위로 떠오르는 태양처럼 머릿속 저편에서 소설에 대한 아이디어가 솟아오른다. 통밀 빵. 시각화 루틴. 앨라배마 흑인 소년의 춤. 언어는 바이러스다. 텍스트의 양자적 속성에 주목하라.

3.

미치 미치의 메모: 도로를 따라 걸으면 도시가 보이기 시작한다. 평소에는 의식하기 힘들지만 현실을 구성하는 선들을 어렴풋이 느낄 수 있는, 서로를 연결하는 섬뜩한 동질성이 유령처럼 떠도는 공간. 이를 초간접적인 세계라 부르자. 흔히 4차원이라고 말하는 분할된 우주, 경험이 의미로 환원되지 않고 위치를 설정할 때마다 사이 공간으로 미끄러지는 삶.

4.

나는 친구도 없고 동료도 없었다. 매일 책이나 편지를 가져다주는 연방 정부의 우편배달부 외에는. 그러나 그가 나를 친구로 생각했는지는 모르겠다.

로버트 발로우는 H. P. 러브크래프트와 플로리다에서 보낸 한때를 추억하며 위와 같이 썼다. 당시 그는 퇴역한 육군 대령인 아버지와 집 밖을 나서는 일이 없는 어머니와 함께 데이토나비치에서 남서쪽으로 17마일 떨어진 드랜드에 살았다. 그의 아버지는 제1차 세계대전에서 정신병을 얻어 돌아왔고 정체불명의 집단에 맞서 집을 지켜야 한다는 생각에 사로잡혀 있었다. 호모, 광신도, 유대인, 인디언, 이민자……. 그들은 본래부터 이 땅에 있었던 이들이 아니라 심해에서 왔거나 다른 행성에서 온 자들이다. 아버지의 망상은 단순한 외상후스트레스 장애였을지도 모르지만 축축한 남부의 숲속에 외따로 사는 동안 크고 단단해져 갔다. 발로우는 아버지와 거의 소통하지 않았고 어머니와도 제대로 된 교감을 할 수 없었다. 그는 우편배달부가 매월 가져다주는 《위어드 테일스》를 반복해서 읽었고 매일 수영을 했으며 밤에는 피아노를 치고 진흙인형을 만들었다. 주말에는 근처 늪에서 뱀을 잡아다 가죽을 벗겨 책을 꿰맸다. 발로우는 직접 만든 뱀가죽 책을 "네크로노미콘"이라 불렀다. 물론 이 이름은 러브크래프트의 소설에서 가져온 것이다. 러브크래프트는 발로우의 유일한 (상상 속) 동료이자 친구였고 매일 밤 함께 잠들고 일어나는 동반자였다. 「크툴루의 부름」이 실린 《위어드 테일스》를 골백번은 더 읽었는데 읽을수록 궁금증이 더해갔다. 네크로노미콘과 크툴루는 실제로 존재하는 걸까. 이러한 신화를 에멜무지로 혼자 만들어내진 않았을 것이다.

발로우가 러브크래프트에게 처음 편지를 보낸 건 1931년 즈음이었다. 뭐라고 썼는지는 본인도 잘 모른다. 아버지가 허공에 산탄총을 쏘던 날 밤, 그냥 냅다 후려갈겼던 것이다. 당연히 답장은 기대하지 않았다. 러브크래프트가 실존하는 인물인지도 모를 노릇이었다. 크툴루가 존재하지 않는다면 그도 존재하지 않을 가능성이 컸다. 그러나 일주일도 되지 않아 답신이 왔다. 나중에 안 일이지만 러브크래프트는 외견상 딱 부러지는 신사였고 평생 5만 통의 편지를 썼다. 거의 모든 팬들에게 친절히 답장을 보냈고 망상의 공모자로 임명했다. 어떤 팬들은 화들짝 놀라 편지 쓰기를 멈췄지만 어떤 팬들은 기꺼이 그물 안으로 끌려 들어갔다. 로버트 발로우는 후자였다.

편지 내용은 특별할 게 없었다. 가끔 발로우가 소설을 보내고 러브크래프트가 손을 봐주기도 했고 한 작품을 같이 쓰기도 했다. 물론 대부분의 공동 집필에서 그랬듯 러브크래프트는 거의 손을 대지 않았다. 한 문단씩 쓰기로 해놓고 자기 차례가 오면 한 단어만 쓰기 일쑤였던 것이다. 그러고는 자기 이름으로 작품을 발표했다. 그러나 발로우는 투덜대지 않았다. 애초에 그가 아니면 작품이 존재할 리 없다고 생각했다.

그러던 어느 날, 발로우는 무턱대고 러브크래프트를 플로리다의 집으로 초대한다. 그의 아버지가 북부의 친척을 만나기 위해 두 달간 집을 비우기도 했고 여름 내내 할 일도 없었던 탓이다. 러브크래프트가 진짜 온다고 하면 어떡하지. 발로우는 편지를 배달부에게 건네며 잠시 생각했다. 그러나 배달부는 아무 낌새도 못 채고 편지를 챙겨 넣었고 발로우 역시 짐짓 아무

렇지 않은 척했다. 여긴 플로리다고 여름엔 할 일이 많
아. 당시 러브크래프트는 첫 번째 부인 소니아 그린과
헤어진 뒤 뉴욕살이를 접고 고향인 프로비던스로 돌
아와 집필에 전념하고 있었다. 이 시기에 그의 걸작 대
부분이 쏟아져 나왔지만 작품에 대한 비판과 몰이해,
무관심, 계속되는 경제적 궁핍으로 정신과 육체는 점
차 피폐해져 갔다. 그런 그에게 발로우의 제안은 여러
면에서 매력적이었다. 특히 악어에 관한 제안이 그의
흥미를 끌었다. 악어가 우글거리는 실버스프링의 늪
지대를 볼 수 있다는 생각을 하면 그다지 두려울 것도
없네, 라고 러브크래프트는 지인에게 말했다.

　버스를 타고 드랜드에 도착한 러브크래프트는 발
로우를 보고 아연실색한다. 발로우가 열여섯 살 먹은
말라깽이 꼬맹이였기 때문이다. 러브크래프트는 마흔
셋이었다. 여태까지 편지를 교환하고 함께 소설을 쓴
재능 많은 젊은 작가가 여드름투성이 고등학생이라
니. 그러나 발로우와 러브크래프트는 잘 어울렸다. 둘
다 나이를 신경 쓰는 스타일이 아니었고 잠재적 동성
애자였으며 애초에 생각한 대로 여름의 플로리다엔
할 일이 많았다. 그들은 보트를 타고 호수를 건넜고 숲
에서 버섯을 채취해 요리를 했으며 바다를 보며 함께
소설을 집필했다. 소설은 발로우가 어린 시절부터(지
금도 어리지만) 끊임없이 상상하고 수정한 것으로 매우

간접적으로 어둠의 존재를 암시하는 앨거논 블랙우드 풍의 단편이었다. 나중에 '나이트 오션'이라는 제목으로 발표되는 이 소설을 발로우는 러브크래프트와 마지막으로 만난 1936년 9월까지 계속해서 고쳐 썼다. 러브크래프트는 지인에게 나는 쓰지 못했을 작품이라고 추켜세웠고 친한 편집자에게 수십 번 원고를 찢고 다시 쓴 작품이라고 강조했다. 그의 이른 죽음이 가까워졌을 때였고 친애하는 동료 로버트 하워드의 권총 자살 소식을 들은 지 얼마 안 된 때였다(하워드와 러브크래프트는 한 번도 직접 만나지 않았다. 그들은 펜팔 친구였다). 러브크래프트는 1937년 3월, 암으로 죽는다. 발로우는 러브크래프트가 죽고 난 뒤 소설 쓰기를 멈췄지만 유고를 정리하고 출판하는 일은 계속하고자 했다. 러브크래프트가 유언집행자로 발로우를 선택했기 때문이다. 그러나 러브크래프트의 유산을 노리는 제자나 작가들은 발로우를 치매 걸린 노인의 돈을 노리는 남창 정도로 취급한다. 소문은 빠르게 퍼져 곧 누구도 발로우와 가까이하려 하지 않는다. 좁디좁은 위어드 픽션 무리에서 완전히 제명된 것이다. 발로우는 러브크래프트의 원고 대부분을 브라운대학교에 기증하고 문학계를 떠난다. 그는 컬럼비아대학에서 인류학을 전공하고 멕시코 시립대학의 교수가 된다. 밤에는 아무도 읽지 않는 실험적인 시를 쓰고 낮에는 나와틀어 신문을 발행하고 북미와 남미의 유복한 학생들에게 메소아메리카 문화를 가르치면서 러브크래프트를 머릿속에서 지워간다. 그건 단지 철없던 시절의 모험담에 불과했다고 말이다.

1950년 7월, 테오티우아칸을 방문한 멕시코 시립대학 인류학 학과 학생 그룹에 윌리엄 버로스가 섞여 있었다. 그는 그로부터 약 1년 후 아내 조앤 볼머를 총으로 쏘지만 그때만 해도 그런 일이 일어나리라곤 누구도 상상하지 않았다. 그들의 인솔자였던 로버트 발로우 또한 미래를 전혀 예측하지 못했다. 발로우는 6개월 후 아즈카포찰코에 있는 자신의 침실에서 세코날 26알을 먹고 자살할 예정이었다. 버로스는 그 모습에 대해 이렇게 쓸 것이다. 멕시코 시립대학 인류학과 퀴어 학과장. 침대 전체가 토사물이었다.

발로우와 버로스는 테오티우아칸의 난간에 앉아 모래바람을 맞으며 러브크래프트의 작품에 대한 이야기를 나눴다. 그건 발로우가 러브크래프트의 유산을 처분하고 처음으로 꺼낸 러브크래프트의 기억이었다. 발로우는 자신보다 나이 많은 미국인 학생 버로스가 소설을 쓰려고 한다는 사실을 알고 있었고 알 수 없는 두려움을 느꼈다. 플로리다의 늪 속에 묻어두었던 유년 시절이 악어처럼 기어 나오고 있었기 때문이다. 그건 유령의 부름이었고 유령의 부름은 언제나 파멸로 이어진다는 사실을 그는 알고 있었다. 러브크래프트의 삶과 소설이 지박령처럼 그의 세포에 들러붙었고 자신의 기이하고 불안한 삶이 오래가지 않을 거라는 미묘한 예감에 시달려왔기 때문이다. 전자기 펄스처럼 감각과 기억 전체로 운명이 방출되었고 예감에 복종하는 순간을 오랫동안 기다렸다는 사실을 마침내 깨달았을 때 발로우는 오줌을 지릴 만큼 오싹했지만 내면에선 웃음 짓고 있는 자신을 발견했다. 버로스는 그런 발로우의 심정을 아는지 모르는지 자신의 삶을 권태로운 어투로 늘어놓을 뿐이었다. 멕시코 소년들을 만나보라. 나쁘지 않은 경험이 될 것이다.

데이비드 올은 버로스 주니어의 남은 원고를 정리하며 『프라크리티 교차로』가 존재하지 않는다는 사실을 깨달았다. 남겨진 유작 같은 건 없었다. 버로스나 스티븐 로우 둘 중 하나가 착각했을지도 모르고 이삿짐센터에서 분실했을지도 모르며 가능성이 희박하지만 누군가 유고를 훔쳤을지도 모른다. 아무튼 중요한 건 소설이 존재하지 않는다는 사실이었고 존재하지 않는 소설을 편집할 순 없는 노릇이었다.

사람들이 매주 목요일 저녁 윌리엄 버로스의 집에서 모일 때였다. 당시 버로스의 집은 캔자스 로렌스의 러너드 애비뉴 1927번지에 있었다. 붉은색 벽면에 기

등을 흰색 페인트로 칠한 중남부의 평범한 가정집이었지만 조금이라도 눈 밝은 사람이라면 이 집이 이상하다는 사실을 눈치챌 수 있다. 집은 너무 평범해서 평범함을 가장하고 있다는 사실을 티 내고자 하는 속셈이 빤히 드러났고 뒤뜰에는 음흉한 미소를 짓는 백색 노인 한 무리가 휠체어에 앉아 탄창을 갈고 있을 것이었다. 그러나 실제로는 그렇지 않았다. 그것들은 환영일 뿐이었고(그러나 그들은 환영을 권장했다) 매주 목요일 저녁에는 각지에서 온 문화예술계의 저명인사와 어디서 굴러먹었는지 알 수 없는 잡놈들이 섞여 식사를 하고 술을 마시며 시간을 때웠다. 요리는 아마추어 쓰레기 예술가 웨인 프롭스트가 담당했는데 처음 부름을 받은 날 그의 요리를 먹은 데이비드는 자신이 요리를 해야 한다는 사실을 깨달았다. 프롭스트의 음식은 좋게 말해 구운 똥 같았다. 노년의 버로스는 미각을 상실했으니 그렇다 쳐도 다른 손님들이 어떻게 이 음식을 참고 먹었는지 이해하기 힘들었다.

아무튼 여느 때와 다름없는 목요일 저녁, 데이비드는 깨끗이 설거지한 그릇을 정리하며, 주니어의 원고는 없다고 말했다. 서른 개의 박스 가득 일기와 편지, 메모만 가득할 뿐 소설은 없다고 말이다. 누워서 이야기를 듣던 버로스는(그는 식사도 누워서 했다) 발로우와 러브크래프트의 일화를 들려줬다. 데이비드는 처음 듣는 이야기였고 자신과 무슨 상관인지 알 수 없었다. 그는 러브크래프트의 소설을 조금도 좋아하지 않았고 앞으로도 좋아할 일이 없다고 생각했다. 그러나 그날 밤 집으로 돌아오는 길에 문득 아이디어가 떠올랐다. 주니어의 박스 가득 들어 있는 글들이 그의 다음 소설이 되지 못할 이유가 없다고, 지금까지 그의 소설도 마찬가지였다고 말이다. 내가 할 일은 그것들을 읽고 맞는 자리에 두는 것뿐이라고, 그게 정확한 자리인지 모르겠으나 그들 스스로가 있을 곳을 찾도록 도와주는 거라고, 소설은 꿈들이 이동하는 경로를 탐색하기 위해 존재하는 거라고.

5.

나와 엠이 도착했을 때 카페에는 아무도 없었다. 정확히 말하면 손님이 없었고 사장인지 알바생인지 모를 바리스타만 있었다. 우리가 미치 미치의 흔적을 찾아 두리번거리자 바리스타는 다 알고 있다는 듯 구석 테이블로 고갯짓을 했다. 그곳엔 두 권의 책과 노트, 노트북이 놓여 있었다. 딱 봐도 미치 미치의 자리라는 사실을 알 수 있었다. 제일 위에 올려놓은 책이 데이비드 올의 것이었기 때문이다. 『The Death of a Character』. 금빛으로 타오르는 나무가 표지에 있는

얇은 책이었다. 앞과 이어지는 뒤표지에는 하나의 문장만 쓰여 있었다. THE END OF THE ROAD FOR MOLDENKE? 출간일은 2021년 7월 15일이었다.

나와 엠은 몸이나 녹일 요량으로 카페 쓰어 롱고를 주문했다. 연유를 탄 베트남식 커피였는데 단맛의 카페인이 위 속에 들어가자 소음이 잦아들고 차갑고 사납던 공기가 아래로 가라앉는 기분이 들었다. 날씨가 너무 춥다고, 엠이 말했다. 산책이라도 할 작정이었지만 오늘의 날씨로는 터무니없는 생각 같았다. 햇빛한 점 없이 불투명한 대기 위로 희끗희끗한 눈 알갱이가 흩날리고 있었다. 우리는 통유리창을 통해 밖을 바라봤다. 1차선 도로 너머 작은 정자와 내부순환로의 거대한 콘크리트 기둥이 보였다.

한참을 기다렸지만 미치 미치는 오지 않았다. 바리스타에게 물어보니 화장실에 간 거 같다는 답이 돌아왔다. 문제는 이 카페엔 화장실이 없어 스위스 그랜드 호텔의 화장실을 써야 한다는 사실이었다. 스위스 그랜드 호텔은 카페에서 걸어서 20분 떨어진 백련산 언덕바지에 있었다. 나와 엠이 당황한 눈으로 바리스타를 보자 바리스타는 어깨를 으쓱했다. 호텔 로비 화장실은 누구나 이용할 수 있잖아요. 바리스타는 우리를 물끄러미 보더니 설명이 부족하다고 느꼈는지 다음 말을 보탰다. 깨끗하고 따뜻하고. 좋지 않아요? 우리는 고개를 끄덕였다. 너무 좋네요. 그리고 미치 미치가 오길 기다렸다.

발표 지면

《문장 웹진》(2022년 1월호)

이 글에 쓰인 텍스트는 다음과 같다.

도서

윌리엄 버로스, 『퀴어』 조동섭 옮김, 펭귄클래식코리아, 2020

후고 발, 『시대로부터의 탈출』 박현용 옮김, 나남, 2020

David Ohle, 『Motorman』 Calamari Press, 2004

작가 에세이

시계 반대 방향으로

서울특별시 시사편찬 위원회에서 낸 서울 역사 구술자료집 2권의 제목은 『서울, 나는 이렇게 바꾸고 싶었다』(2011)이다. 이 책에는 "과거 서울을 디자인한 고위 관료들의 이야기"가 담겨 있다. 서울시정사라고 할 수 있는 이 구술 자료집에 참여한 이는 총 다섯 명으로 서울시장, 도시계획국장, 서울시의회 의원, 올림픽준비단장, 부시장이라는 직책을 가지고 있었다. 이름을 들으면 알 만한 사람도 있고 낯선 사람도 있다.

이 책을 산 건 2017년 즈음으로 서울시청 지하의 한 서점에서였다. 왜 그곳에 갔는지는 정확히 기억나지 않는다. 홍상희, 황예인, 오한기 등 동료들과 시청 주변을 산책하던 중이었던 것 같다. 핸드폰 사진첩에는 서울도서관 내의 옛 시장실을 어슬렁거리는 우리의 모습이 남아 있다. 1960년대의 서울이 등장하는 소설을 쓰고 있을 때였나? 그래서 자료 조사도 할 겸 약속을 그쪽에서 잡았던 걸까. 일과 인간관계 둘을 한 번에 해결할 속셈으로 말이다.

그러나 역시 구체적인 건 하나도 기억에 남아 있지 않다. 내게 남은 건 그때 산 책뿐이다. 구술 기록의 시작을 여는 사람은 고건 전 총리다. 그는 50년간 공직에 있으며 두 번의 서울시장과 두 번의 총리를 거친 유명 정치인이다. 그의 인터뷰는 여러모로 흥미로운데 그중 가장 기억에 남는 건 내부순환도로를 지을 당시의 이야기다. 1988년 서울시장이 된 고건이 해결해야 할 첫 번째 문제는 교통이었다. 서울의 자동차가 백만 대가 넘는데 제대로 된 순환도로가 없어 도심과 도심 밖의 흐름이 섞이고 엉켜 엉망이 된다는 거였다. 그래서 계획된 게 내부순환도로였다. 그러나 당시 이미 빡빡해진 서울 도심에 고속도로를 짓는 건 불가능에 가까운 일이었다. 하나는 한강을 따라 지으면 되지만—이게 강변북로다—다른 하나는 어떡한다……고건은 말한다. "자나 깨나 고민했지. 그러다가 어느 날 술에 좀 취해서 집에 들어가는데, 집에 들어가면 공관 서재로 가서 일단 책상에 앉아가지고 담배 한 대 피우고. 하하하. 그때는 담배도 많이 피울 때인데…… 그러고 인제 뭐 생각해보는 거지. (중략) 그렇게 있다 보니까 딱! 무릎을 치게 된 거야. 역시 술이 들어가서 그런지 이게 대범하게 보인 거라 이거야."

고건이 떠올린 아이디어는 홍제천, 안암천, 중랑천 등 도심의 내천을 따라 고가 고속도로를 만드는 거였다. 그렇게 하면 집도 헐지 않고 토지 구매 비용도 줄일 수 있다. 사업은 일사천리로 진행되었고 그리하여 한번 진입하면 앞뒤로 옴짝달싹 못 하는 악명 높은 고가도로, 서울 교통의 헬게이트, 내부순환로가 탄생한 것이다……라고 말하면 고건의 입장에선 좀 억울할지도 모르겠다. 서울의 자동차 수가 백만 대를 훌쩍 넘어

삼백만 대가 될 거라곤 누구도 예상 못 했으니 말이다. 미래를 예측하는 건 힘든 일이다. 더구나 술을 마신 상태에선 말이다……. 사실 고건의 저 구술 기록 중 가장 인상적인 건 술에 취해서 대범해졌다는 구절과 담배를 한 대 피우면서 생각했다는 구절이다. 책을 살 때는 정책이 결정되는 구체적인 과정이나 여러 주체와 제도 간의 상호작용 및 갈등 따위를 알고 싶었는데 실상 알게 된 건 술과 담배인 셈이다. 물론 내부순환로가 구술에서처럼 술 취한 시장님의 번뜩이는 아이디어 하나로 완공됐을 리 없다. 또한 그 아이디어 역시 앞뒤 과정 없이 튀어나온 건 아닐 것이다. 중요한 건 술과 담배 같은 문화적 기호물이 결정 과정에 영향을 끼칠 수도 있다는 사실이며 그러한 사실이 공적 기록에선 누락된다는 사실이다. 반면 영화나 소설은 이런 요소들을 지나치게 자주 활용한다. 그러나 문제는 영화나 소설 같은 서사 예술은 내부순환로와 같은 시설이나 이를 둘러싼 제도나 정책의 결정 과정에 관심이 없으며 관심이 있어도 서사 구조라는 틀 안에서 다룬다는 사실이다. 이때 모든 역사는 프로타고니스트와 안타고니스트 같은 갈등 구도로 환원된다. 우리는 그러한 서사가 현실화된 버전을 익히 알고 있다. 김영삼, 김대중 같은 반대파의 시위에도 불구하고 경부고속도로를 완성한 박정희 대통령, 같은 이야기 말이다.

그러니까 정리하면 구술 자료에서 내가 보고자 한 건 공적 자료와 서사화가 포착하지 못하거나 소거시킨 틈새다. 이런 틈새는 세계 곳곳에 산개해 있다. 영국의 작가 이안 싱클레어의 표현에 따르면 "잃어버린 호박돌"(Cities can be mapped by missing cobblestones)에서만 찾을 수 있는 것이다. 호박돌은 집터 따위의 바닥을 단단히 하는 데 쓰는 둥글고 큰 돌을 말한다. 도시 건설 과정에서 무수히 깨지고 사라져간 이 돌들은 무의미하고 잡스럽게 여겨지거나 실제로 그러한 경우가 대부분이지만, 내겐 이러한 여담이 세계를 지지하는 구성물처럼 여겨진다. 무슨 역할을 하는지 짐작하기 힘들고 진실 또는 거짓의 경계가 불분명하며 때로는 실존하는지 여부도 불투명한 사물들, 기억들, 일화들의 우주. 걷기는 이러한 틈새를 마주하는 급진적인 행위다.

이안 싱클레어는 걷기가 민주주의의 마지막 보루라고 주장한다. 국수주의와 극우주의 같은 배타적 사고방식이 득세하고 감시와 보안이 일상화되는 팬데믹 시대에, 걷기는 공공 영역을 확보하기 위한 노력이다. 다만 여기서 걷기란 단순한 의미에서의 산책이나 순례 따위가 아닌 금지된 곳을 횡단하기, 잊혀지고 버려진 지역과 직접 마주하기, 경계를 넘어서기, 그리고 그곳에 대해 말하고 쓰기와 연결된다.

〈런던순환도로London Orbital〉(2002)는 런던 시 외곽을 토성의 고리처럼 둘러싼 도시환상고속도로 M25를 걷고 관찰하며 기록한 심리지리학 저술이자 서사시이며 소설이자 논픽션이다. 유럽에서 두 번째로 긴 바이패스인 M25는 세계에서 가장 큰 주차장이라는 별칭으로 불릴 만큼 악명 높은 도로다. 채널4에서 실시한 설문조사에서 '영국 7대 공포' 중 1위로 뽑히기도 했으며 관광객들이 선호하는 런던 다크투어리즘 명소이기도 하다. 기타리스트 크리스 리는 M25에서 운전한 경험을 바탕으로 앨범을 발표했는데 제목은 《The Road to Hell》이었다(앨범은 3주 동안 차트 1위에 올랐다). 영국 교통 시스템에서 가장 중요한 도로가 왜 이렇게 돼버린 걸까. 영국인 특유의 사캐스틱한 농담인 걸까. 하지만 일단 M25에 진입하면 당신은 익숙하고도 끔찍한 디스토피아적 공포를 곧장 이해할 수 있다. 운전자들은 피부로 깨닫는다. M25가 영원히 반복된다는 사실을, 권태가 신자유주의적 주체를 집어삼키고 타임라인이 절멸의 가장자리에 얼어붙은 채 공회전하고 있다는 사실을. 빠져나갈 수도 없고 빠져나간다 한들 갈 곳도 없는, 과거도 미래도 없이 영원한 현재를 순환하는 고속도로.

이안 싱클레어는 M25가 완공된 1986년과 밀레

니엄 돔이 개장하는 2000년 1월 사이의 시공에 수감된 죄수로 마가렛 대처의 영혼과 관료제 뱀파이어, 도시 외곽의 정신병원과 도로 아래를 거니는 좀비들을 마주하며 런던의 역사를 새로 쓴다. 이러한 쓰기를 위해 그가 채택한 방법은 단순하다. 시계 반대 방향으로 M25를 걷기. 아무도 걷지 않는 곳을 걸어서 통과하기. 그가 걷는 곳은 템스강변도 아니고 캔터베리 순례길도 아닌, 고속도로의 버려진 노변이며 그곳을 둘러싼 진짜 도시, 도시의 실재다.

〈런던순환도로〉는 영화와 책, 두 버전으로 만들어졌다. 나는 이안 싱클레어와 크리스 페티가 함께 만든 영화를 먼저 접했다. 영화는 M25를 주행하는 장면과 다양한 파운드 푸티지를 저화질의 분할 화면으로 병치한다. 과도할 정도로 클로즈업 된 마가렛 대처의 입술, 이라크 전쟁과 불의의 습격을 받는 아랍계 이민자들을 찍은 CCTV 화면, J. G. 밸러드의 예언적인 인터뷰가 이어진다.

영화가 끝날 때쯤 문득 고건의 이야기가 떠올랐다. 내부순환로를 〈런던순환도로〉와 유사한 방식으로 담을 수 있지 않을까? 시작은 88서울올림픽이 될 것이다. 전두환이 백담사에 은거하고 《창작과비평》, 《실천문학》이 복간된다. 홍은동의 백련산 자락에 그랜드 힐튼 호텔이 오픈하고 레지던스의 미국인 관광객들이 내부순환로를 타고 터널을 통과한다…….

　다소 KBS 다큐멘터리 〈모던 코리아〉 같은 느낌을 주긴 하지만, TV 아카이브가 담지 못한 영역을 탐구한다는 점에서, 그리고 과거의 자료가 아닌 현재에도 여전히 존재하는 장소와 사물을 고현학적인 태도로 접근한다는 점에서 다르지 않을까. 고현학은 현대의 풍속을 연구하는 사회학의 일종이지만, 중요한 건 현실의 묘사나 실상이 아니다. 고고학이 낯선 과거를 현실의 맥락에서 복원하는 거라면(과거를 과거의 맥락에서 복원시키고자 하는 불가능에 가까운 노력 역시 수반되지만), 고현학은 미래의 맥락에서 현실을 낯설게 바라보는 것, 우리에겐 자연스러운 도시의 지도를 어떻게 본래의 맥락에서 탈구시켜 바라보느냐 하는 것이다. 그렇게 할 때에만 사물의 진정한 정체와 마주할 수 있다. 상황주의의 영향을 받은 이안 싱클레어의 심리지리학이 도로를 걷는 행위와 결합한 이유는 그 때문이다. 합리적이라고 여겨지는 도시 계획은 우연 또는 망상일 뿐이며 거리를 두고 바라보면 사실 기이하기 이를 데 없는 거라고 말이다.

　지난가을 나는 내부순환로를 두 번 걸었다. 성산 1교에서 홍제천을 따라 스위스 그랜드 호텔이 보이는 홍제 교차로까지 한 번, 홍남교 근처의 카페 개인주의에서 북한산 자락과 맞닿는 홍은1동 주민센터까지 한

번. 그 과정에서 내가 발견한 건, 인공폭포와 에어로빅 모임, 홍제천 르누아르 길의 인상주의 회화와 스위스 그랜드 호텔의 소유주가 친일파인 청풍군 이해승의 손자라는 사실과 유진상가가 여전히 그 자리에 있으며 중정에는 화분이 참 많다는 사실, 홍은1동의 풍수가 좋은 것 같다는 느낌 정도다. 이러한 발견이 어디로 이어질지는 아직 모르겠다. 며칠 전 홍은1동 북한산 두산위브를 검색했는데 실거래가가 10억 5천만 원이었다. 이게 현실일까? 아마 그럴 것이다.

발표 지면

《보스토크(VOSTOK)》(2022년 제31호)

환승: 덧붙임

생각의 열차

안은별

(문화연구자)

움직임이라는 있는 그대로의 사실이……

그저 A에서 B로 가는 문제인 경우는 드물다.

_팀 크레스웰

팀 크레스웰은 1965년 영국 케임브리지에서 공군 가족의 일원으로 태어나 어린 시절부터 많은 도시로 이사를 다녔다. 런던칼리지대학교에서 공부하던 시절 피터 잭슨과 재키 버지스가 담당하던 수업에서 이-푸 투안이나 앤 버티머와 같은 인본주의 지리학자들의 저작을 접했고 장소에 대한 그들의 인간적이며 풍부한 설명에 매료되었다. 과거에 지리학자들은 세계의 어떤 '장소들'에 대해서는 무척 잘 알고 있었지만 '장소'가 대체 무엇인지에 대해서는 거의 말해주지 않았다. 투안은 장소가 수많은 가능성 속에서의 '멈춤'의 산물이며, 인간의 관심의 영역이자 애착의 기회라고 설명했다. 그렇기에 좋아하는 안락의자도 장소이며, 지구 전체도 장소이다. 장소는 인간이 세계와 관계를 형성하는 방식이나 그 과정이며, 지금도 지구 곳곳에서 서로 다른 스케일로 장소 만들기가 이루어지고 있다. "새로 이사 온 학생이 벽에 포스터를 붙이기 위해 침대 위로 올라가듯이, 코소보 무슬림은 새 깃발을 날리며 기념물을 세우고 지도를 새로 그린다."

학부를 졸업한 뒤 팀은 미국의 위스콘신-매디슨대학교로 떠났다. 무엇보다 이-푸 투안이 그 학교에 있었기 때문이지만, 그에 못지않게 그는 광활한 미국 그 자체에 매혹되어 있었다. 그는 『선과 모터사이클 관리술』 같은 삶을 살고 싶었지만 운 좋게도 오토바이

를 살 돈이 없었고 그래서 살아남을 수 있었다. 비록
그렇게 살진 못했지만 그는 언제나 드넓은 미국을 여
행하는 사람들에 대해 읽고 생각하며 쓰고 있었다. 그
는 학부 시절 재키 버지스가 내준 과제에서 윌리엄 리
스트 히트문의 미국 시골 국도 여행기인 『블루 하이
웨이』에 대해 쓴 일을 기억해냈다. 그의 졸업 논문은
밥 딜런의 노랫말에 나오는 이동의 은유에 대한 고찰
을 전개한 것이었다. 석사 논문에서는 같은 방법으로
잭 케루악의 소설이나 〈보니 앤 클라이드〉, 〈이지 라
이더〉 같은 미국 대중문화의 중요한 작품에서 모빌리
티의 은유를 읽어냈다. 그는 모빌리티야말로 사물들
이 구성되는 방식의 중요한 모티프라고 생각했지만,
지리학자들이 장소에 대해서는 그렇게 풍부한 설명을
제공하면서도 움직임에 대해서는 오히려 장소에 대한
위협이라거나 장소 쓰기에 대한 부정적인 면이라 여
기는 데 대해 의문을 가지고 있었다. 팀이 논문에서 탐
구한 것은 그때만 해도 사회과학에 속하지도 않고 인
본주의 지리학의 관심에서도 벗어나 있는 것처럼 여
겨졌다. 할리 데이비슨과 픽업트럭을 몰고 미국 전역
을 누비고 다녔다는 J. B. 잭슨이 위스콘신에 있었을
때 그는 잭슨에게 이렇게 물었다. "이게 그 사람들을
화나게 만드는 모빌리티라는 건가요?"

　팀에게 영향을 미친 것은 인본주의 지리학뿐만이

아니었다. 인본주의 지리학은 종종 세계의 비참함에 대한 비판 능력의 결여로 비판을 받았는데, 그는 80년대 버밍엄대학에서 문화 연구라는 이름으로 일어나는 일들에 관심을 가졌고, 마르크스를 읽으며 권력이 작동하는 방식을 폭로하겠다고 결심했으며, 포스트모더니즘과 그것이 불러온 논쟁들을 통해 '차이'에 주목했고, 페미니즘의 눈으로 세계를 다시 보게 되었다. 또한 그는 부르디외를 열정적으로 읽었으며, 그의 사회이론의 영향 속에서, '정상성'과 위반의 구성에 있어 장소가 어떤 역할을 하는지를 다룬 연구로 박사학위를 받았다. 그 논문 『제자리에 있는/제자리를 벗어난』은 4년 뒤 책으로 출판되어 그의 생각을 훨씬 멀리 또 많은 곳으로 여행하게 했다. 그의 두 번째 책은 『미국의 부랑자』란 제목으로 2001년에 출판되었는데, 여기에서 그는 19세기 말 20세기 초 미국에서 특정한 방식으로 움직였던 사람들과 어떤 지식의 형태들 사이의 공생적인 관계를 다루었다. 부랑자들은 움직였다. 하지만 그냥 움직인 것이 아니었다. 그들의 움직임에 대한 특정한 지식과 이데올로기와 명명과 분류 작업이 다양한 방식의 재현과 함께 움직였다. 이언 해킹이 비슷한 시기 프랑스의 의학 학술지에서 발견한 것처럼, 특정한 움직임은 열정적으로 문제시되다가 어느 순간 더 이상 존재하지 않게 되었다. 이 아이디어를 더 끌고 나가자면, 모든 움직이는 것에는 의미가 있었다. 다시 말해, 움직임에 대한 관찰 가능한 의미화 작업이 있었다. 서구 근대에는 같은 질문을 발견할 수 있는 또 다른 풍부한 사례들이 있었다. 무도회에서 댄서들의 움직임이 규제되는 방식을 이해하는 것은 테일러주의 이래 공장에서 일어났던 노동의 움직임이나 오늘날 우리가 이주를 이해하는 방법들과 무슨 공통점을 가지고 있을까? 그때까지 사회과학자들이 주목하지 않았던 방식으로, 그는 여러 스케일에 걸쳐 있는 인간 모빌리티에 대한 설명들을 — 그것들 사이의 중요한 차이들을 외면하거나 뭉뚱그리지 않으면서 — 하나의 논리로 묶어내고자 했다. 그게 바로 『온 더 무브』에서 그가 한 일이었다.

어린 시절부터 그는 작가를 꿈꾸었고 언제나 시를 썼다. 시는 형편없을 때가 많았지만 글쓰기는 늘 그를 행복하게 했다. 그는 부르디외의 "구조화된 구조는 구조화하는 구조로서 작동하는 경향이 있다"라는 문장에서 아름다운 리듬을 발견했으며, 왜 지리학과에서 '방법론' 중 하나로 글쓰기를 가르치지 않는지 의문을 가졌다. 왜냐하면 그에게 글쓰기는 글을 읽는 것과 연구하는 것과 각각 분리되는, 그 모든 과정의 '끝'이 아니라 그 모든 일을 한꺼번에 행하는 것이었기 때문이다. 그가 학부생일 때 다른 모든 이들 가운데서 반한 사람으로 스웨덴 지리학자 군나르 올슨이 있었는데 올슨의 첫 번째 책인『알 속의 새/새 속의 알*Birds in Eggs/Eggs in Birds*』은 앞에서 뒤로, 그리고 뒤에서 앞으로도 읽힐 수 있는 실험적인 책이었다. 올슨은 학계에 포스트모더니즘 광풍이 불어닥치기 한참 전부터 재현과 재현 불가능성에 대해, 그가 훈련받은 공간과학의 수학적 언어가 지향하는 명백한 확실성과 시가 추구하는 명백한 불확실성 사이의 상호작용에 대해 질문했다. 세계는 복잡하고, 이 세계의 진실을 완벽하게 재현하는 투명한 언어의 불가능성을 인식한다면 싸워야 한다. 지리학자의 전장은 보들레르, 말라르메, 조이스, 카프카, 베케트를 계속해서 읽는 곳에서 펼쳐진다. 이런 도박은 종종, 아니 자주 실패했으며 동료 학자들에게 "자신 말고는 아무도 이해하지 못할 언어를 구사함으로써 저자의 신비주의만 더할 뿐이다"라는 조롱을 받기도 했다. 그러나 올슨이 보내는 신호는 크레스웰에게 단번에 이해 가능한 것이었으며 그의 글쓰기라는 길에 커다란 영향을 미쳤다. 그는 지리학자로서 교편을 잡았던 영국 로열홀러웨이대학교에서 창조적 글쓰기로 두 번째 박사학위를 받았고 세 권의 시집을 출판했다. 비록 논문에서는 천 명의 다른 분야 학식자들도 이해 가능한, 명확하고 덜 실험적인 언어를 구사하지만, 그에게 있어 어느 쪽이든 글쓰기는 행하는 것이고 움직이는 것, 그러니까 모빌리티였다.

**바퀴살을 단 마차는 여기서 저기로 곡물이나 화물만 옮기는 것
이 아니라 이 머리에서 저 머리로 바퀴살을 단 마차라는 뛰어난
아이디어를 옮긴다.**

_대니얼 데닛

누군가를 따라 움직이는 것은 글쓰기의 방법 중
하나다. 어쩌면 무언가를 만들어내는 방법 중 하나일
수도 있고 살아가는 방법 중 하나일 수도 있다. 팀 크
레스웰은 이-푸 투안이나 군나르 올슨, 밥 딜런이나
잭 케루악, 마르크스와 부르디외 그리고 여기 등장하
지 않은 수많은 작가들을 그 각각의 방식으로 따라갔
다. 물론 그 많은 사람들을 동시에 따라갈 수는 없을
텐데, 그렇다고 한 사람을 따라가다가 어떤 지점에서
더 이상 따라가지 않고 다른 사람으로 환승을 한다거
나 경로를 변경하는 모습을 떠올리는 것은 적절하지
않을 수도 있겠다는 생각이 든다. 만남 이후 그것들은
어떤 방식으로 그와 '동행하게' 되었다. 걸어나가면서
이것을 읽고, 또 저것을 읽었고 그것들을 엮어 글을 발
표함으로써 한 번도 본 적 없는 연결들을 만들어내고
있다고도 표현할 수 있다. 나는 예전에 "결코 다른 사

람들과 겹치지 않을 특정한 방식으로 특정한 문서들을 쫓아다니다 보면 세상에 이런 춤을 추는 건 나밖에 없을 거야 하는 일종의 취기가 올라온다"라는 문장을 썼는데 마치 그런 식으로 말이다.

크레스웰은 변위*displacement*, 즉 위치 사이를 이동하는 행위 혹은 위치 변화의 일반적 사실로서의 이동*movement*과 모빌리티를 구분한다. 모빌리티는 A에서 B로 가는 것 이상을 의미한다. 그것은 움직임, 그것과 분리할 수 없는 움직임의 재현과 의미, 구체적으로 경험되는 움직임을 포함하는 개념이다. 내가 시부야 역에서 요요기 공원까지 아무 생각 없이 걸어가는 동안 어떤 사람이 같은 길을 파쿠르를 수행하면서 갔다면, 또 다른 어떤 사람은 파쿠르 수행자에게 과제이자 즐거움이 된 물리적 요소들과 다른 방식으로 '부딪치면서' 휠체어와 결합된 신체로 통과했다면, 우리가 지닌 스마트폰은 세 가지를 같은 값으로 기록하겠지만 우리가 생산한 공간과 시간과 연결들은 상당히 다른 것일 터이다. 크레스웰에게 모빌리티란 '장소'의 동적 등가물이며, 무브먼트는 '위치'의 동적 등가물이다. 북위 40도 46분, 서경 73도 58분이라는 지도상의 한 점이 위치라면, 장소는 이 숫자 집합의 이름이 뉴욕시 맨해튼 센트럴 파크 남부 어딘가로 밝혀졌을 때 활성화되는 기억이나 이미지와 관련이 있다. 크루즈 미사일은 위치와 공간좌표로 프로그램화되어 있는데, 만약 그것이 '장소'로 프로그램화될 수 있다면 사막에 불시착하기로 결정할 것이다.

이러한 다소 도식적인 개념적 구분의 배경에는, 물리학을 정점으로 한 과학들의 위계에서 지리학의 위상을 드높이고 싶어 했던 공간과학자들에 대한 반박이 자리한다. 세계를 격자와 함수 관계로 파악하는 공간과학자들이 관심을 가진 것은 위치와 추상화된 움직임, 하나의 단위로 표현할 수 있는 움직임이었다. 그들의 세계에 거주하는 인간은 비용과 이익을 계산하여 언제나 합리적인 결정을 내리는 존재였고, 이들의 이동은 전기나 물의 이동과도 동일시될 수 있다. 이상적인, 현혹되지 않은 이동이라면 이동체는 A지점에서 B지점으로 가는 데 최소한의 시간과 노력만을 들일 것이다. 여기서 이동이란 원하는 목적을 달성하기 위해 견뎌야 하는 비효용성으로 간주된다. 그리고 이러한 일련의 가정들이 현대의 도시 계획에 의심 없이 반영되었다.

공간과학에 대한 설명에서 유독 흥미를 끈 것은 크레스웰이 가져온 인용문의 다음과 같은 '예외'였다. "대부분의 운송 수요는 유발된다. 아무 생각 없이 농촌으로 운전해 가는 운전자, 유람선의 승객, '철도 동호인'과 같은 예외적인 경우를 제외하고는." 인용문은 셋을 쓸데없이 움직이는 '개노답 삼형제'로 묶고 있는 것처럼 보였다. 물론 이 쓸데없이 움직이는 것들은 '과학적 접근의 대상'이 아니었다. 그리고 바로 이 개노답 삼형제 같은 것이 나이자 내가 연구하는 것들이다.

한 사람은 그 자신을 위해 많은 일을 할 수 없다. 그러나 그가 할 수 있는 것은 이동하는 것이다.

　_브루노 라투르

어느 쌍둥이 여행자의 역설 :

쌍둥이 남매 중 한쪽은 파리에서 제네바까지 한 번에 가는 TGV의 일등석에 올라타 편안한 좌석에 몸을 맡긴 채 이동 중이다. 아무런 일도 일어나지 않고, 그래서 기억에 남을 것 또한 없다. 쌍둥이의 다른 한쪽은 이와 극명하게 대조적으로 한 치 앞도 보이지 않는 깊은 정글 속에서 손도끼를 쥔 채 겨우 몇 센티미터씩 앞으로 헤쳐나가고 있다. TGV의 쌍둥이가 여행에 소요된 세 시간 이상 나이 들지 않는 데 비해 정글의 쌍둥이는 매 1분, 그보다 훨씬 더 나이가 들고 있으며, 틀림없이 삶에서 이 정글 속에서의 몹시 고통스러운 여정의 매 순간을 기억할 것이다. TGV 승객에게는 그를 둘러싼 모든 요소 ─ 철의 원자부터 프랑스 국유철

도공사의 모든 노력 — 가 모두 동일한 방향으로 정렬 되어 있으며 앞으로 전진하기 위해 어떤 것과도 협상 하거나 싸울 필요가 없다. 그러나 정글의 이동에서, 여 행자는 저마다의 방향과 목적지를 갖는 '다른 실체들' 혹은 "그들 자신의 입장에서 경로와 운명을 규정하는" 버릇없는 매개자들 — 가령 나뭇가지와 풀들, 뱀과 벌 레들 — 과의 피와 상처를 남기는 복잡한 협상을 통해 매 센티미터를 얻는다.

이 사고 실험은 시간과 공간이 그 '속에서' 사건과 장소가 발생하는 흔들리지 않는 준거 틀이 아니라 신 체와 사물들이 서로 관련되는 방식의 결과임을 논하 기 위해 제시된다. 우리는, 그리고 신은, 천사는, 천체 는, 비둘기는, 증기기관은 공간 '속에' 존재하거나 시 간 '속에서' 나이 들어가지 않는다. 공간과 시간은 그 자체로는 행위의 활동력이 결여된 컨테이너가 아니라 변위, 즉 이동 혹은 교통을 통해 '생성되는' 것이다. 이 것은 또한 교통과 변형*transformation*의 관계에 따라 복수로 생성된다. 고속 열차 속 쌍둥이에게 교통은 주 변의 '다른 실체들'의 존재를 느끼거나 그것을 변형하 는 것과 완전히 구분되는 별개의 활동이지만, 정글 속 쌍둥이에게 교통은 곧 변형이며 나이 듦이다. 나뭇가 지를 자르거나 풀을 베거나 뱀 같은 것들을 처리하지 않으면 변위는 결코 주어지지 않는다. 이렇게 교통과 변화의 관계가 다를 때, 시간과 공간의 생산은 완전히 다른 것이 된다.

구체적인 실천에 의한 시간과 생성을 논하는 글에서 하필 열차가 등장하는 것은 이상한 일이 아니다. 그것의 오래된 별명은 '시공간 압축' 혹은 '시공간의 소멸'이니까. 도린 매시는 자신에게 매우 익숙한 런던발 밀턴 케인스행 열차에서 이렇게 썼다. 우리는 이 두 도시를 함께 구성해가는 과정에, 다시 말해 공간 그 자체를 구성하는 중요한 요소인 여러 연결들을 만들거나 끊어버리는 지속적인 과정에 참여하게 된다. 그것은 또한 시간적이기도 하다. 열차가 출발한 지 30분이 지나 채딩턴을 지나고 있다면 지금 런던은 더 이상 당신이 출발했을 때의 그 런던이 아니다. "다채로운 삶들이 출현하고 있고, 투자와 투자 철회가 계속 일어나고 있으며 폭우가 쏟아지기 시작할 수도 있다." 쌍둥이의 사고 실험을 고안한 브루노 라투르는 고속 열차의 예를 든 건 단순히 자기가 TGV의 팬이어서가 아니라 열차와 시계와 탄환에 열광했던 위대한 스위스 엔지니어 알베르트 아인슈타인을 기리기 위해서라고 썼다. 리베카 솔닛에 따르면 아인슈타인은 상대성이론을 설명하는 비유로 풍경을 가로지르며 달리는 열차 이미지를 반복적으로 사용했다. 기차에 탄 승객은 땅 위에 서 있는 사람과 시간을 다르게 경험하기 때문이다.

다시 쌍둥이의 이야기로 돌아가보자. 라투르는 정글의 여행자를 철도 회사에서 새로운 노선 개척을 위해 파견한 탐험가라 생각해보자고 하면서 둘의 생애사를 하나로 이어 이야기의 두 번째 차원을 얻는다. 그녀의 고생스러운 답사는 후에 보고서로 번역되고 엔지니어들 손에 넘겨져 쌍둥이 아우가 탑승하게 될, 논스톱으로 내달리는 고속 열차를 위한 노선을 건설하는 밑바탕이 된다. 과거에 누이의 움직임을 늦추고 금지했던 방해자들이 이제는 빠르게 목적지에 도달하려는 기찻길에서 그들의 힘과 의지를 빌려주는 잘 정렬된 중재자로 바뀌었다. 여기엔 다양한 시간대에 걸친 어마어마한 노동과 변형이 누적되어 있지만(또한 지금도 이루어지고 있지만) 승객에게 이것은 비가시적이다. 그런데 노선 건설로 인해 마을이 두 동강 나버린 곳의 주민들이 노선을 점거하거나 그 위에 통나무를 얹고 불을 지르는 시위를 하기로 결정했다고 하자. 열차는 멈춰버리고, 열차의 승객들은 갑자기 나이 들기 시작한다. 그들은 비로소 시간의 흐름을, 시간이 천천히 또는 빠르게 가는 것을 느끼기 시작할 것이다. 만일 노선의 모든 역이 봉쇄되고, 그 봉쇄를 통과하기 위해 대기하고 있던 버스조차 반란에 부딪친다면, 승객들은 매 센티미터가 지독한 협상의 연속인 정글에 다시 돌아와 있을 것이다. 즉 승객이 변위를 얻기 위해 수행되어야 하는 작업은 단지 비가시적일 뿐이다. 엄청난 규모의 공사부터 심야의 노선 정비에 이르기까지 끊임없는 변형이 수많은 분산된 시간대에 걸쳐 이루어졌거나 지금 이루어지고 있다. 그 변형의 접혀진 역사 혹은 넓은 영역으로 분산된, 평상시에는 드러나지 않았던 복잡한 연결망이 선로 위의 불타는 통나무 혹은 기타 전환된 형태로 튀어 올라 사건으로 나타날 수 있다.

얼마 전 파리 교외에서는 이런 소식이 전해졌다. "RER D에 에어컨 없음 → 40도 넘나드는 더위에 승객 기절 → 기차 멈추고 쓰러진 승객 돌보는 데? 시간 걸림 → 기차 안에 있던 사람들 덥다고 선로로 탈출해서 파리 방향으로 걷기 시작 → 저 선로 통과하는 모든 기차가 정지! ← 새로운 문제가 발생했습니다" 열차에 에어컨을 설치하지 않은 아마도 몇십 년 전의 결정이 그보다 훨씬 오래된 인간 활동의 누적이 만든 폭염을 만나 한 신체에 고통을 가하고, 그를 둘러싸고 내려진 역무원이나 다른 승객들의 결정이 사람들을 열차 바깥으로 나가게 만들고, 이는 선로를 봉쇄하여 다른 열차에 타고 있던 사람들의 시간에도 영향을 미쳤다. 누군가가 이 사진을 찍어 트위터에 올렸고, 이것을 본 한국어 사용자는 상황을 설명해 인용, RT 했으며, 그것이 지금은 이 글에 들어와 있다. 여기에는 서로 다른 시간대의 아주 먼 요소들이 한데 연결되어 있다.

열차는 여러 장소들과 여러 시간대의 사건들, 각자의 방향과 목적을 지닌 행위자들의 상호작용을 연결하며, 그러한 연결에 대한 적절한 메타포이기도 하다. 마치 느린 타임머신처럼 고속의 변위를 얻어낼 수 있다는 점, 또한 철도가 역과 노선, 열차, 열차의 체계, 신호, 교통정책, 시간표, 철도 노동자, 티켓 혹은 교통카드, 개찰구, 건널목, 승객이나 지역 주민처럼 수많은 개별적 요소들이 함께 맞물려 작동하는 시스템이라는 점에서 그렇다. "철도는 다른 부분들이 단단히 연결되어 함께 움직일 수밖에 없는 확실한 분업을 이루는데, 연결되지 않고 분리되어 있는 요소들은 존재하지 않는다. 모든 요소들이 작동할 때만 전체가 작동한다." 그것의 매일의 작동뿐 아니라 그것을 가능하게 한 최초의 기술적 구현 또한 시공간적으로 흩어져 있는 것들의 기적적인 결합이었다. 인류에게 고속 열차의 이동을 가능하게 만든 최초의 기계인 증기 기관차의 제작은 어떤 청사진에서 구현된 것이 아니라 "여러 세기 전부터 알려져 있던 다수의 적용 가운데 흩어져 있던" 역학적 원리들의 상호 영향 속에서 출현한 것이다.

철도는 생각보다 경이롭지만 목적지를 넣으면 이동을 출력하는 기계이기도 하다. 그것은 그동안 이루어진 변형이 접혀 있어 더 이상 보이지 않기 때문인데, 이러한 압축이나 비가시화 없이 우리는 살아갈 수 없을 것이다. 그러나 한편으로 우리는 매일 '움직이면서', 접힌 시간과 공간을 펼치며 살아가기도 한다. 열차에 타지 않는 경우라 하더라도 우리는 매일 어딘가로 자신의 위치를 바꾸면서, 그 신체를 매개로 수많은 연결들을 만들어내거나 끊어내는 과정에, 공간과 시간을 생성하는 과정에 참여한다. 이것은 신체적으로 거의 부동적인 상태에서 이루어질지도 모르는 읽기와 쓰기와 기억이라는 이동에서도 마찬가지다. 물론 우리는 집에서 걸어서 편의점으로, 나리타 공항에서 항공기를 타고 인천으로 같은 신체적인 이동과 책상에 앉아 책의 페이지를 넘기거나 스크롤을 내리면서 다른 세계로 가는 일의 차이를 열거할 수 있으며 그것을 구분하기 위한 몇 가지 개념 쌍도 동원할 수 있다. 상상적인 이동과 신체적이고 물리적인 이동이라든가. 이러한 구분은 임의적일 수 있지만 의미 없지 않으며, 숙고를 위한 몇 단계를 세심하게 설정하도록 만들 수 있다. 그렇지만 여기에서는 잠시, 건널목과 건널목이라고 쓴 단어를 다른 차원에 위치하는 것으로 분류하지 말고 모든 것이 같은 평면 위에 있다고 가정해보자. 여기에서는 현실 세계의 안/밖 같은 구분이 없거나 미세하거나 그냥 다음 역이나 옆집 같은 것이라고 해보자. 나는 당신이 들고 있는 이 책 안에서, 각각의 방식으로 나이를 먹은, 널리 분포되어 있는 '다른 실체들'

이 어떻게 연결되거나 부딪치고 있는지 생각해보기를 권한다. 혹은 이 책이 무엇을 연결하고 있는지, 무엇을 연결하게 될지를. 우선은 나의 읽기가 여기에서 연결되었고 이내 당신의 읽기와 연결되었다. 자연스럽게 그것들의 서로 다른 속성이나 분류 체계가 함께 떠오르겠지만(가령 이 책이 놓인 대형 서점 매대와 그것에 대한 작가의 생각과 엠과 나자와 로버트 발로우의 편지, 엔씨의 자동으로 번역되는 원고의 다름), 갑작스레 그것들 사이를 횡단하는 열차를 발차시킬 수도 있다.

내가 팔을 들어 올릴 때, 내 팔이 올라간다는 사실을 제거하면 남는 것이 무엇인가?

_비트겐슈타인

숲속에 지네 한 마리가 있었다. 지네는 그 많은 다리를 이용해 멋있는 춤을 추기로 유명했다. 그걸 부러워하던 개구리가 어느 날 물었다. "당신은 춤을 출 때 어느 발을 먼저 움직이나요?" 그러나 지네는 자신이 어떻게 움직이는지 알지 못했고 생각에 잠기다 못해 그 자리에 멈춰 서서 다시는 춤을 출 수 없게 되었다.

한쪽에 복잡한 실재가 있고 또 다른 한쪽에는 기호와 재현과 텍스트가 있다는 생각이 있다. 살아 있고 움직였던 것은 언어로 멈춰지고 의미나 상징으로 환원되어 평가된다. 이러한 재현은 원본에서 늘 뭔가를 탈락시키거나 살아 있는 것을 형편없이 생동감 없는 것으로 만든다는 불안이 있다. 춤이나 운동 같은 신체적인 움직임을 묘사하려고 할 때 우리는 이 어려움을 갑자기 이해하게 된다. 공연 이론가 페기 펠란은 "우리는 사라지는 것에 기반한, 보존되거나 게시될 수 없는 학문 분야를 만들고 연구했다"고 말한다. 사회인류학자 로익 바캉은 권투에 대한 문화기술지 쓰기의 어려움에 대해 "강렬하게 육체적인 실천, 철저하게 운동적인 문화, 가장 본질적인 것은 언어와 의식 아래에서 전달되고 획득되고 이용되는 우주를 어떻게 인류학적으로 설명할 것인가"라고 적었다. 꽤 장기간에 걸쳐 일어나는 경험이나 한 사람의 삶에 대해서 쓰려고 할 때도 마찬가지의 성찰이 일어난다. 지리학자 나이젤 스리프트는 '후기'라는 제목의 논문에서 이에 관해 이야기했다. 이 글은 아버지의 죽음이라는 사건에서 시작된다.

내 아버지는 착한 일을 많이 한 좋은 사람이었다. 아마 최고 중의 최고라고 나는 생각한다. 아버지가 거의 한 번도 한 적이 없는 일이 바로 글을 쓰는 것이었는데, 예전 같았으면 나는 이를 문제라고 여겼을 텐데 지금은 후대의 엄청난 생색으로부터 아버지를 변호하고자 아버지의 인생을 순서대로 문자화하는 것이야말로 어떤 점에서는 또 다른 형태의 생색에 불과할지도 모른다는 생각이 든다. 다시 말해 나는 아버지가 과연 글을 쓸 필요조차 있었을지 의문이다. 다른 표현으로 말하자면 그가 남긴 유산 — 아버지가 우리에게 물려준 몸에 밴 몸가짐들, 일상의 훈계들, 넓은 아량, 세상을 향한 아버지의 전반적인 태도 등 — 을 드러내고 가치를 평가하기 위해 과연 글이라는 형태가 필요하거나 한지 모르겠다. 이런 식으로 보자면 그의 생이 글로 써질 필요성이 줄어든다.

그는 논문의 초록에서 비트겐슈타인의 저 문장, 즉 "내가 팔을 들어 올릴 때, 내 팔이 올라간다는 사실을 제거하면 남는 것이 무엇인가?"라는 문장을 인용한다. 글을 열며 그는 아버지에 대해 써야 할 필요성을 느끼지만 그게 진짜 자신이 원하는 건지 확신할 수 없다고 썼고, 글의 후반부에는 "더 이상 할 말이 없을 때 계속해서 더 말이 많아지는 이 글을 어떻게 이해할 수 있을까?"라는 질문을 던졌으며, 맨 마지막엔 다시 비트겐슈타인을 인용하고 있는데 그 문장은 다음과 같다. "내 작품은 두 부분으로 구성되어 있다: 여기에 제시된 부분과 내가 쓰지 않은 모든 것을 더한 부분이다. 그리고 바로 이 두 번째 부분이 중요한 부분이다."

이 글에서 '제시된 부분'은 무려 43쪽에 이르고 참고문헌은 140개에 이른다. 물론 거기에는 아버지의 삶에 대해서는 전혀 적혀 있지 않다. 내용, 정보, 메시지, 의미, 이론, 중요한 생각들, 무엇으로 부르든 간에 거기에 '담겨 있는' 것처럼 보이는 건 아주 빽빽하다. 그러나 그가 어떤 말도 하려고 하지 않은 것 또한 분명해 보인다. 이 너무도 말이 많은 침묵은 어떤 말을 덧붙여도, 어떻게 세밀하게 묘사해도 다시 나타나게 하지 못할 아버지의 좋은 삶에, 결코 미치지 못할 거라는 좌절의 표시이자 좌절을 거부하는 춤이다. 그러니까, 팔을 들어 올리는 것에 대한 팔을 들어 올리는 것? 그것은 아버지의 생애를 묘사하는 것이 아니고 아버지의 죽음 옆에 뭔가를 놓는 병렬이다.

'비재현적 스타일'을 말하는 이 글에서 스리프트는 재현과 기호, 텍스트에 대한 기존의 접근법들을 넘어서려 하고 있지만 재현은 살아 있는 것을 죽일 뿐이라거나 후대의 엄청난 생색일 뿐이라거나 세계는 결국 재현될 수 없다는 절망을 이야기하려는 것이 아니다. 오히려 기호는 사건이 일어날 수 있는 미-실현된 가능성, 미-결정화된 영역으로서 세계와 함께 움직이는 것, "인식의 작용이라기보다 만남들"이며, 느끼고 감지될 수 있으며 신경계에 직접 작용하는 것으로 나타난다.

핵심적인 개념은 사건*event*이다. 세계란 멈추고 완료된 것들의 집합이 아니라 현재 진행 중인 사건들의 연속이다. 사건이란 마냥 순진하게 활기찬 것이 아니라 항상 제약을 수반하는 것, "잠재성을 생산하는 순간적인 맥락과 궁지"다. 이것이 묘사하는 것은 "실제 사건이 실제보다 많은 대안들 가운데 놓여 있었다"는 풍부한 가능성, 상황은 지금과 다를 수 있었다는 시간 감각, 그러므로 미래에 대한 개방성이다.

팀 크레스웰은 사건이라는 아이디어가 가장 강력한 힘을 발휘하는 경우는 정말 '끝난 것'처럼 보이는 것에 이 개념을 적용할 때라고 말한다. 그는 미셸 드 세르토와 제인 제이콥스의 예를 들고 있다. 드 세르토가 도시 공간에서의 보행의 놀라운 창조성에 대해 이야기했을 때, 도시의 물리적 구조는 일련의 구조적 제약인 것처럼 제시되었다. 거기에는 우리가 바꿀 수 있는 것과 바꿀 수 없는 것이 비교적 명확히 구분되어 있다. 그러나 만일 그 건축물을 사건으로 본다면 어떻게 될까? 제인 제이콥스는 '건물 사건'이라는 사유 방식을 제시하면서, 건물 또한 항상 '만들어'지고 있는 중이거나 '만들어지지 않고' 있는 중이며, 혹은 매우 천천히 붕괴되고 있는 중이라는 이미지를 제시했다.

『생동하는 물질』에서 제인 베넷은 "돌, 탁자, 기술, 단어, 그리고 먹을 수 있는 것들"마저도 생동한다고 썼다. 이런 사물들이 보통 우리에게 고정된 것으로서 나타나는 이유는 그것들의 '되기becoming'가 인간 신체의 지속과 속도에 비해 식별할 수 없는 수준과 속도로 진행되기 때문이다. 생동하는 것으로 생각되지 않지만 생동하는 것의 목록에 포함된 '단어'는 '통시적으로 보면 단어의 의미는 많은 변화를 겪는다'는 의미에서 쓰였겠지만, 나는 단어로 환유되고 있는 '쓰인' 것들이 정말 끝났고 완전히 멈춰 있다고 생각했을 때 살아 움직이는 모습을 상상해본다. 물론 이 책 93페이지 위에서 네 번째 문장에 발이 달려 어느 날 침대에서 발견되거나 하지는 않겠지만, 그런 방식이 아니더라도, 여기 쓰인 것들은 계속해서 완성을 거부하고, 움직일 수 있다.

알랭 바디우는 페소아와 말라르메의 시를 예로 들며 시는 묘사도 표현도 아니며 하나의 작동이고 사건이라고 표현했다. 그의 관심은 예술 작품이 무엇을 재현하는가가 아니라 그것이 어떠한 사건이며 어떻게 작동하는가, 어떤 새로운 가능성을 생산하는가에 있었다. "작품은 하나의 사건이라는 특질을 지니며 비정합성을 포함한다. 이러한 비정합성은 하나의 새로운 집합을 구성하는 유한한 예술 작품을 생산할 뿐 아니라 주체화 과정을 통해서(이 경우 독자를 통해서, 즉 아마도 또 다른 작가가 되는 독자를 통해서) 포괄적 변화를 생산할 수 있다." 그렇지만 작품을, 텍스트를 움직이는 것으로 설명하는 일은 언제나 하나의 시도이고 실패를 향해 달려나가는 일인 것 같다. 그러나 움직이고 있는 작품을 보았을 때 그것이 움직이고 있다는 사실을 가리키지 않기란 어렵다. 그렇다면 그걸 어떻게 가리켜야 할까?

어쩌면, 너무 쉽게 잊혔던 사람들과 생각들과 연결고리들을, 아니 사실은 잊힌지도, 잃어버린지도 몰랐던 것들 사이에 한 번도 보지 못한 연결을 만드는, '발굴'해서 '박제'해 보인다기보다는 지금 여기에서 곧장 달려나가는 일종의 '탈것'을 만들어내는, 시간적으로 공간적으로 형태적으로 여러 군데에 흩어진 파편들을 섬광처럼 한꺼번에 드러내는, 이 책에 실린 작품들이 움직이는 방식 그 자체가 중요한 예시가 될 수 있을지도 모르겠다. 나는 그것들을 읽었고 썼다.

참고문헌

도서

존 어리, 『모빌리티』 강현수·이희상 옮김, 아카넷, 2014

피터 애디, 『모빌리티 이론』 최일만 옮김, 앨피, 2019

제인 베넷, 『생동하는 물질』 문성재 옮김, 현실문화, 2020

조르주 캉길렘, 『생명에 대한 인식』 여인석·박찬웅 옮김, 그린비, 2020

마이크 크랭·나이절 스리프트 엮음, 『공간적 사유』 최병두 옮김, 에코리브르, 2013

팀 크레스웰, 『장소』 심승희 옮김, 시그마프레스, 2012

팀 크레스웰, 『지리사상사』 박경환·류연택·심승희·정현주·서태동 옮김, 시그마프레스, 2015

팀 크레스웰, 『온 더 무브』 최영석 옮김, 앨피, 2021

도린 매시, 『공간을 위하여』 박경환·이영민·이용균 옮김, 심산, 2016

피터 메리만·린 피어스 엮음, 『모빌리티와 인문학』 김태희·김수철·이진형·박성수 옮김, 앨피, 2019

리베카 솔닛, 『그림자의 강』 김현우 옮김, 창비, 2020

논문

Cresswell T., Adey, P., 「An Interview with Tim Cresswell」 『Mobilities Humanities』 vol.1, No.2, 2022, pp.148~158

Latour, B., 「Trains of thoughts — Piaget, Formalism and the Fifth Dimension」 『Common Knowledge』 vol.6, no.3, 1997, pp.170~191

Thrift, N., 「Afterwords」 『Environment and Planning D: Society and Space』 vol.18, 2000, pp.213~255

대화

정지돈 × 안은별

은별 씨에게

소설집의 해설을 대신해 또는 작가의 말을 대신해 지금과 같은 종류의 질문과 대답을 주고받는 일이 낯설게 여겨집니다. 인터뷰라는 형식이 종종 활용되곤 하지만 — 이미 오래전에 죽은 작가들과 가상 인터뷰를 하는 책세상문고 세계문학의 인터뷰도 떠오르고요 — 은별 씨와 저의 질문과 답은 그것과는 조금 다른 것 같아요. 제가 인터뷰어이자 인터뷰이이기도 하기 때문일까요? 보통 작가가 비평가나 번역자에게 질문을 던지진 않으니까요. 그런 면에서는 조금 걱정이 되기도 하고(내가 제대로 된 질문을 할 수 있을까?) 신나기도 합니다(아무거나 궁금한 거 물어봐야지……)

은별 씨가 보낸 글도 소설집에 실리는 일반적인 해설과 다르다는 생각을 했습니다. 해설이라기보다 응답이라고 할까요. 그러나 이 응답은 제 소설이 있는 곳이 아닌 다른 곳을 향해 있는 듯합니다. 다른 해설이 안으로 들어간다면 은별 씨의 글은 밖으로 나간다고 할까요. 그런 면에서 은별 씨의 응답은 어떤 해설보다 제 소설과 닮아 있는 것 같기도 합니다. 인물의 내면보다는 인물의 밖으로, 인물이 연결되어 있는 네트워크로 나아가고, 사건의 실체보다 사건 너머를 보려고 하니까요.

제가 하는 질문이 은별 씨나 저뿐만 아니라 독자들에게도 밖으로 나갈 수 있는 통로가 되었으면 하는 바람입니다. 뜬금없지만 문득 은별 씨가 있는 도쿄가 그립네요. 금정연, 이상우, 황예인과 함께 은별 씨의 안내에 따라 동경대를 산책했던 일이 멀고도 가깝게 느껴집니다.

1

모빌리티 연구가 사회학의 한 분야라는 사실을 뒤늦게 알고 큰 흥미를 느꼈습니다. 이 소설집의 작품들도 모빌리티 연구에서 많은 영감을 받았고요. 하지만 더 놀랐던 건 은별 씨가 도쿄에서 모빌리티를 연구하고 있다는 사실이었습니다. 『연구자의 탄생』에 실린 에세이 「이동 중에, 글쓰기의 자리에 대한 생각들」에 모빌리티 연구를 하게 된 사연이 어느 정도 소개되어 있기도 합니다.

다만 그런 의문도 듭니다. 모빌리티 자체가 독립된 연구 분야가 될 수 있을까 하는 것입니다. 경제나 사회, 정치, 농업이나 과학 등과 달리 실체가 분명하지 않다는 편견이 있다고 할까요. 이동은 언제나 무언가에 수반되는 행위였습니다. 식량이 많은 곳을 찾아서, 따뜻한 곳, 물이 있는 곳, 교육을 위해서, 사랑을 좇아서, 전쟁을 피해서 이동하지 이동 그 자체를 위해서 이동진 않습니다. 그렇다면 이동은 경제나 역사의 하위 분야가 될 수밖에 없는 걸까요? 이동이 목적이고 나머지가 그것을 따라오는 경우도 있을까요? 그런 경우에 이동-하는 인간은 어떤 종류의 인간일까요. 우리의 친구인 금정연은 이동 중일 때만 행복하다고 합니다. "나는 오직 떠나 온 장소와 도달할 장소 사이에 있을 때만이 행복한 인간에 속한다." 이러한 인간형은 지금 시대가 낳은 새로운 인간형인가요, 아니면 과거부터 암암리에 존재했던 걸까요.

제대로 정리되지 않은 산만한 질문이지만 은별 씨라면 흥

미로운 이야기를 덧붙여줄 수 있을 것 같습니다.

질문을 두 가지로 나누어 대답해보고자 합니다. (종국엔 하나의 물줄기로 흘러가게 될 것 같습니다.) 하나는 모빌리티 연구가 독립된 학문 분야일 수 있는지, 또 하나는 저도 완전히 똑같습니다만, 정연 씨와 같은 인간형이랄까, 이동을 위한 이동을 어떻게 볼 수 있을지.

서울, 도쿄, 싱가폴 등 여러 도시에서 공부하는 한국인 동료들과 '모빌리티 세미나'라는 공부 모임을 1년 반 넘게 이어오고 있는데요. 각자의 연구 발표에서 모빌리티라는 개념을 쓰면 그것에 대한 비판이나 질문이 가해졌다는 일화를 많이 들어요. 예를 들어 국내의 인구 이동에 관해 연구한 한 동료는 박사 논문에 모빌리티라는 개념을 사용해 분석했지만 투고를 할 때는 비판을 예상하여 단어를 모두 '이동'으로 바꾸셨다는 일화를 들려주었습니다. 저 또한 모빌리티 관점에서 철도의 시각표가 어떤 상상과 커뮤니케이션, 신체 이동을 매개하는지에 대한 논문을 써서 일본의 한 미디어 연구회에서 발표를 했는데, 왜 '이동', '이동성'이 아니고 굳이 모빌리티라는 단어를 쓰냐, 모빌리티라는 단어를 써서 뭐 행복해지기라도 했느냐라는 비아냥을 듣기도 했고요. 이렇다 보니 저희들 사이에서도 몇 번 이와 관련한 대화를 나누기도 했고, 질문이나 비판이 언제든 가해질 수 있음을 염두에 두고 작업하고 있다고 할 수 있습니다.

먼저 '이동'의 영단어로서의 모빌리티 혹은 요즘 자동차 회사나 스타트업 업계에서 애용하는 용어로서의 그것 말고, 학술적으로 개념화된 모빌리티의 궤적에 대해 간단히 언급해보고자 합니다. 사회적 탐구 대상으로서의 움직임에 '모빌리티'라는 이름이 부여된 데는 존 어리의 『사회를 넘어선 사회학』이 큰 역할을 했습니다. 그 배경에는 1990년대, 세계화 및 여행의 증가와 정보통신 혁명으로 인해 이동과 흐름의 문제가 몇몇 학자들에게 특히 중요하게 인식된 맥락이 있고요. 이 책에서 존 어리는 "'사회society로서의 사회적인 것the social'이 '모빌리티로서의 사회적인 것'으로 재구성"*되고 있음을 주장합니다. 사회학에서의 분석이 언제나 정주하는 사람들과 그들이 구성하는 공동체, 그리고 국민국가 중심으로 이루어져 왔는데, 우리가 살아가는 사회는 혼종적인 네트워크이며 이를 포착하기 위해 이동과 흐름에 주목해야 한다는 것이었지요. 이후 어리와 그의 동료들이 영국 랭커스터대학에 모빌리티 연구소를 개설하고 학술지 《모빌리티

* 존 어리, 『사회를 넘어선 사회학』, 윤여일 옮김, 휴머니스트, 2012.

스*Mobilities*》를 창간하며, 「뉴 모빌리티스 패러다임」
이라는 논문을 통해 모빌리티를 하나의 패러다임으로
제시하는데요. 이 일련의 학술적 영토 만들기가 '모빌
리티 턴'이란 말로 지칭되고, 이후 움직임이 중요하다
는, 혹은 사회 현상을 움직임으로 사고해야 한다는 문
제의식을 공유하거나 그로부터 영향을 받은 주로 사
회과학 쪽의 작업이 쌓이면서 모빌리티 연구라는 분
야를 구성하게 됩니다. 모빌리티 패러다임의 선언은
사회학자들에 의해 이루어졌지만 오히려 인문지리학
자들이 이 분야를 견인해온 것처럼 보입니다. 또한 독
립적인 분과 학문이거나 그것이 되기를 지향한다기보
다 '미디어 스터디스', '어반 스터디스'처럼 복수의 연
구들의 집합과 네트워크로 존재하고 대부분의 연구들
은 여러 분과 학문을 가로지르는 학제적인 접근법이
나 태도하에 수행되고 있습니다. 앞서 말한 연구회의
멤버들도 전문 분야는 서로 달라요. 인구학, 인류학,
사회학, 미디어 연구 등등. 참고로 저는 출신 학부는
신방과, 석사학위는 정보학, 논문을 투고하는 잡지는
관광학이나 미디어 연구, 가르치는 과목은 사회학, 박
사 논문의 이론적 자원을 제공받은 주 분야는 인문지
리학이라서 제 분야를 말해야 할 때 곤란해지곤 합니
다…….

　　쓰고 나니 무슨 학과 소개 같아 민망하지만……

(그런 게 있었으면 좋겠군요……) 사실 학문 분야라는 것이 이러한 연구소 만들기, 학술지 창간 같은 인위적이고 지속적인 과정과 그것에 동의하고 참여하는 사람이 늘어나면서 성립되는 것이므로, 일단은 실제로 진행되어 온 영토 만들기 과정의 일부를 묘사했는데요. 이 과정에서 당연히 "모빌리티 연구에 '새로운' 연구라는 틀을 씌우는 것, 이를 '패러다임'이라고 지칭하는 것"에 대한 의문이나 비판이 있어왔습니다. 이동 자체는 새롭지 않지요. 그러나 확실히 다른 중요한 사회 활동의 '부산물'로만 여겨져온 측면이 있습니다. 기존의 사회학에서 모빌리티는 계급 이동의 문제를 가리켰지, 지리적 이동이나 일상적인 움직임은 관심의 대상이 아니었거든요. 다만 새로움이란 수사엔 충분히 반발이 있을 만한데, 그렇다고 패러다임이나 턴 같은 말들은 단순한 호들갑인가 하면 그렇지는 않고 모빌리티라는 학술 개념이나 그 활동 자체의 이동성을 높이면서(널리 퍼져나갈 수 있게 하면서), 실제 지리적으로도 다양한 곳에서 일어나는 현상의 분석과 설명에 적용될 수 있는 저변을 실질적으로 넓혀주었다고 평가할 수 있을 것 같습니다. 사실 이 질문지를 받고 난 다음 날 세미나에서 새삼 다시 이 화제를 띄워보았는데요, 그때 오간 이야기를 제 나름대로 정리해본다면 이랬습니다. "우리는 모빌리티라는 개념이 그동안 진지

하게 다루어지지 않았던 중요한 문제를 포착하게 하거나, 기존의 접근법으로는 좀처럼 풀리지 않았던 대목을 다루는 데 상당히 유용하다는 점에 동의한다."

"개념은 어떤 문제들을 지시하는데, 그것들 없이는 사실 개념의 의미도 없으며, 개념은 이 문제들이 명료해지는 한에서만 이해될 수 있다. 바꿔 말하면 한 개념은 그것이 배경으로 삼고서 응답하고 있는 문제들에 따라서만 적절히 평가될 수 있는 것이다."** 학술적인 차원에서 개념이란 무엇인가에 대한 일반적 진술인데요. 모빌리티란 개념 또한 마찬가지인 것 같아요. 예를 들어 팀 크레스웰은 추상화되고 보편화된 운동 *movement*의 관념과, '의미' 문제와 떼어놓을 수 없는, 사회적으로 맥락과 의미를 부여받은 움직임인 이동 *mobility*을 구분하는 방식으로 모빌리티를 개념화하는데, 이것은 우리의 이동이 대단히 이데올로기적이며, 정치적인 문제일 수 있다는 사실을 드러내기 위한 그의 설계이지요. 이러한 개념화를 통해 예컨대 윌리엄 하비의 해부학 등 17세기 자연과학에서의 혈액의 표상과 근대적인 도시 계획이 하나로 엮이고, 우리의 이동의 실천과 이동적인 삶의 감각이 사회적, 물질적, 상

** 이상길, 『아틀라스의 발』, 문학과지성사, 2018.

상적으로 진공 상태에 놓여 있지 않다는 사실을 들여다볼 수 있게 됩니다.

한편, 제 동료들은 지금, 그러니까 기후위기의 시대, 특히 코로나 이후 전환된 세계에서 이동성이라는 개념과 문제의식 없이는 설명할 수 없는 현상들이 실제로 많이 나타나고 있다고 지적합니다. 사람, 물건, 정보의 수많은 이동의 결과라 할 수 있는 현상과 문제들, 그리고 그 순환과 멀티 스케일한 전개를 목도하고 있으니까요. 그런데 예컨대 앞서 말한 인구 연구하는 동료분을 심사하신 어떤 선생님은 "우리 때는 그 개념 없이도 분석 다 했다"는 식으로 말했다고 해요. 그렇다면 저희는 이렇게 말하고 싶은 거죠. 그때는 그거 없어도 됐는데 지금은 그거 없으면 어려운 게 아닐까요. 혹은 그거의 도움으로 더 잘 분석할 수 있게 되는 거 아닐까요. 이 동료분이 말해준 게 또 재미있었는데, 지역 인구 정책 관련 연구자나 지자체 실무자들이 '이동하는 사람들'에 대해 적대감이 있다는 얘기였어요. 기존에 정책 만들기의 접근법이나 방법론이 정주를 기반으로 했는데, 잠은 지역에서 자는데 일은 복수의 지역을 오가면서 하는 이런 이동적인 사람들이 기존의 틀을 흔든다는 것이었죠. 그렇지만 새로운 정책을 만들 때 그걸 없는 셈 칠 순 없는 노릇이겠지요.

저 개인적으론 새로운 현상을 문제로서 지시하고

분석하기 위해서는 아니고, 예전부터 수없이 존재했지만, 바로 그래서, 너무나 평범해서 아예 잊히고 후경화되었던 것을 연구 대상으로 삼는 데 모빌리티 개념으로부터 도움을 받은 경우입니다. 그리고 이것이 바로 두 번째 질문에 대한 답과 이어지는데요. 저나 정연 씨 같은 인간형, 정확히는 어떤 인간 유형이라기보다 어떤 경험과 감각, 이동을 위한 이동, 혹은 목적이 있어서/목적지를 향해 가긴 하지만 그 사이의 이동이 삭제되거나 죽은 시간이 아니라 그 자체로 의미 있는 활동이 되는 경우—그것이 즐겁든 괴롭든 유용하든 멍때리든 간에—즉 이동 그 자체를 다루기 위한 도구로서의 모빌리티 개념입니다. 이것이 제가 현대 일본의 철도를 그 구체적 대상으로 하여 박사 논문에서 다룬 바이기도 했습니다. 이 '이동 그 자체'는, 물론 전혀 새롭지 않지만 그동안 진지한 과학적 탐구의 대상이 되지 못했던 무엇이라고 할 수 있지요. 저는 거기에 학술적인 '각'을 세우는 데, 모빌리티 개념과 이 분야 연구로부터 실질적으로 도움을 받았다고 할 수 있습니다.

대부분 운송 수요는 유발된다. 아무 생각 없이 농촌으로 운전해 가는 운전자, 유람선의 승객, '철도 동호인'과 같은 예외적인 경우를 제외하고는.

영국에서 어린 시절을 보내면서, 철도 여행은 가장 의미 깊고 기억나는 경험의 일부이다. 버밍엄에 사는 조부모를 보러 가는 휴일 중 가장 마법 같은 부분은 할머니와 할아버지가, 대부분 통근자들이 이용했던 노선인 스타워브리지 교차로에서 뉴스트리트 역으로 형과 나를 태워주었던 짧은 기차 여행이었다. 우리는 맥도널드에 가기도 하고, 테디 그레이 사탕을 빨기도 하고, 팔라사즈 쇼핑센터를 천천히 돌기도 하다가 집으로 돌아오곤 했지만, 가장 황홀했던 것은 여정 그 자체였다. 그렇게 평범한 교통 공간이 사람들에게 의미 있을 수 있다는 것이 이 책이 의지하고 확장시키려는 학제적 연구 분야인 "새 모빌리티 패러다임"에서 발전된 가장 중요한 생각이다. 모빌리티 사고는 이전에는 간과되었던 우리의 생활 세계를 형성하는 이동 경험의 편린들을 중시하고, 이러한 여정이 우리의 정체성과 역량을 조형하는 방식을 탐색한다.***

전자는 1980년대 초의 교통지리학 교과서에 나오는 문장, 후자는 지리학자 데이비드 비셀이 시드니의

*** 데이비드 비셀, 『통근하는 삶』, 박광형·전희진 옮김, 앨피. 2019.

통근자들의 경험을 조사한 연구서 『통근하는 삶』에 나
오는 문장입니다. 전자에서 과학적 접근의 대상이 아닌
것으로서 칼같이 제외되었던 이동 그 자체는, 후자에서
"가장 마법 같은 부분", "우리의 생활 세계를 형성하는"
활동으로서 진지한 탐구의 대상이 되고 있습니다.

어릴 때 아빠가 운전하는 프라이드 승용차 뒷자리
에 앉아 창문을 내리고 맞은편에서 불어오는 바람을
맞는 시간을 가장 좋아했는데요. 또 대학 시절을 떠올
리면 동암역부터 회기역까지 도시철도 1호선 전동차
안에서 펼쳐지는, 움직이는 기계와 결코 친밀해질 수
없는 타인들이 어우러지는 때로 예측 불가한 드라마
나 술에 잔뜩 취해 서울역에서 탔던 삼화고속 1200번
막차 안에서 화장실 가고 싶어 고통스러웠던 시간이
가장 먼저 생각나는데요. 저는 그러니까 예전부터 이
런 수송 테크놀로지에 매개되는 이동의 경험에 대해
서 이야기하고 싶었던 것 같아요. 그 경험에는 수송 테
크놀로지나 건조 환경뿐만 아니라, 사회적으로 서로
다르게 배분된 이동 선택의 기회에서부터 특정한 이
동 수단을 둘러싼 담론과 이미지까지 다양한 요소들
이 작용할 거고요. 이런 경험이 우리 자신과 사회를 어
떻게 형성하고 있는지를 분석해보고 싶었던 것 같습
니다.

작가님이 이 책에서 탐구하시기도 한 비트 작가들

에 대해, 리베카 솔닛이 보행자의 계보에 그들을 위치시키면서 이렇게 쓴 적이 있지요. "비트 작가들은 이동 또는 여행을 매우 중요시했지만 그것이 정확히 어떤 이동 어떤 여행인가를 중요시하지는 않았다. 그들은 달리는 기차에 뛰어오르는 무임승차자, 떠돌이 일꾼, 기차 조차장 등이 등장하는 1930년대 로맨스의 끝자락을 잡고, 정처 없는 마음을 시속 4~5킬로미터의 보행이 아닌 시속 100킬로미터 이상의 질주로 달래는 새로운 자동차 문화를 선도했다. 비트 작가들은 그런 물리적 여행과, 화학적 도취 속에서 되는대로 펼쳐지는 상상, 그리고 광란의 언어를 조합했다. (중략) 실연당한 후에 걸어서 떠나가던 사람들이 1950년대 들어서부터는 야간열차를 타고 떠나가거나 자동차를 운전해서 떠나가기 시작했다. 18륜 트럭을 기리는 송가가 나온 것은 이미 1970년대였다."**** 이 얘기 전후에 드 퀸시, 디킨스, 울프, 긴즈버그 등 런던과 뉴욕에서 걸었던 예술가들 일화가 잔뜩 나오잖아요. 그들의 보행은 도착지에서 무언가를 얻기 위해서라는 동기와는 무관하고 말이지요. 그들은 말하자면 걷는 것이 마주치게 하는, 걸을 때에만 가능한 자극들, 심적인 효과,

**** 리베카 솔닛, 『걷기의 인문학』, 김정아 옮김, 반비, 2017.

혹은 글쓰기의 영감을 위해, 어쨌든 걷기 위해 걸었습니다. 그러나 보행이 아닌 이동, 수송 테크놀로지에 매개된 이동, 즉 운송의 경우, 교통 지리학의 대상으로서 철저히 '다른 목적에 의해 "파생된derived" 것'으로 여겨져왔습니다. 다만 자동차의 경우는 비트 작가들이 그랬던 것처럼 두 다리로 이루어지던 배회를 기계와 속도로 연장한 측면이 있고 그러한 점에 착안한 문화적 작업도 풍부하게 이루어져 왔습니다. 그렇지만 시각표와 공공 공간의 구속을 받는 철도나 대중교통은 결코 그 기계가 배회하는 법이 없으며 따라서 자율성보다는 수동성의 메타포와 함께, 이동 수요도 '그냥' 생기는 것은 아니라고 이야기되어 왔지요. 그리고 저는 아마 그렇기 때문에 더더욱 철도에서 출발하게 된 게 아닐까 싶습니다.(약간의 반골 기질?)

그나저나 이 답변 전체에서 뭔가 그간 들었던 우려나 비판에 대한 방어적인 느낌이 드러나는 것 같죠? 잔뜩 쓰긴 했는데 조금 부끄럽습니다. 어쨌든 이건 저나 동료들이 앞으로 연구를 통해 계속 그 개념을 정교화해 나가고, 유용성을 검증해나가야 할 부분 같아요. 그렇지만 마지막으로 딱 한 가지만 더 방어하자면, 모빌리티 또한 하나의 이데올로기일 수 있다는 점에 대해서입니다. 모빌리티가 일반적으로 자유의 표현으로 여겨지기 때문에 대부분 긍정적으로 평가되고 옹호되는 것, 정주주의 이데올로기에 비해 낭만화되는 것, 또 당연하게도 서구 남성 중심적인 것, 이런 것들이 또한 학계에서 비판의 초점이 되어왔습니다. 그러나 사람들이 원하는 시간에 원하는 방법으로 움직일 수 있는 능력은 한 국가 안에서는 물론 지구 전역에 매우 불균질하게 분포되어 있고, 이동적인 것이 무조건 좋고 자유로운 게 아니라 '어떻게' 이루어지느냐에 따라 천차만별이 될 수 있지요. 따라서 이동성은 늘 이동성/부동성*im/mobility*의 문제로 사고해야 하고, 모빌리티를 둘러싼 아이디어는 항상 더 넓은 가치 체계의 일부로 간주되어야 하며, 모빌리티를 다루는 연구자들은 사람들의 상상력뿐만 아니라 그들 자신의 학문적 상상력 또한 면밀히 조사해야 한다는 점을 다짐으로서 덧붙이고 싶습니다.

2

최근에 리뷰 청탁을 받아 배리어프리 무용 공연을 보게 되었습니다. 시각장애인들을 위한 음성해설이 있는 무용이었는데요, 관람자들에게 인이어를 나눠주더라고요. 음성해설자는 공연에서 일어나는 움직임을 실시간으로 해설합니다.

그런 의문이 들었습니다. 시각이 없는데 왜 무용 공연을 '보려고' 하는 걸까. 영화나 연극이라면 대사가 있으니 어느 정도 관람이 가능하겠지만 무용은 의미를 알 수 없는 소음 말고는 아무것도 존재하지 않을 텐데. 이런 제 의문에 음성해설자 분은 공연장의 분위기 자체를 경험하는 일이 시각장애인분들에게 의미가 있다고 설명했습니다. 신체를 볼 순 없지만 연약하게나마 감각할 순 있는 거라고요.

이 경험 덕분에 예전에는 하지 못한 질문을 할 수 있었습니다. 소수자 또는 상이한 감각기관을 가진 존재들에게 예술은 무엇일까요. 이 질문은 곧 예술은 무엇이었나 하는 존재론적인 질문으로 되돌아왔습니다. 아직 거기에 대해선 생각을 시작한 단계이지만 흥미로운 점이 많은 듯합니다.

은별 씨의 글에서 소수자의 모빌리티에 눈을 돌리고 싶다는 구절을 봤습니다. 구체적으로 어떤 내용인지 궁금합니다.

8년 전쯤 외출 중에 함께 있던 지인이 쓰러진 적이 있었어요. 장소가 압구정 CGV였는데, 이 친구가 구급차에 실려 가는 데는 동의하지 않았기에 설득을 해서 그냥 개인적으로 병원에 가자고 했는데요. 처음엔 가까운 병원으로 걸어갈까 하다가 결국 택시를 잡았거든요. 친구는 몸을 못 가눌 정도는 아니었지만 거동이 편치는 않았어요. 근데 이 짧은 시간에, 평소라면 큰 부담이 없었을 거리를 이동한다는 것이 이렇게 힘든 일일 수 있구나, 강남이라는 데는 완전히 차를 위한 곳이고, 보행자를 위한 길은 건장한 성인의 이른바 정상적

걷기만이 상정되어 있구나 하는 걸 체감했었어요. 아마 짐을 많이 들고 어딘가를 가야 할 때 비슷한 걸 느껴 본 분들이 많을 것 같아요. 그런데 종종 사람들은, 물론 깊이 생각하고 하는 말은 아니겠지만, '그러니까 자차가 있어야 한다' 혹은 '택시를 부르면 되지', 이런 식으로 대응하거든요. 그런데 그게 사실 엄청나게 특권적인 거잖아요? 제 소수자의 모빌리티에 대한 문제의식은 여기에서 출발하는 것 같습니다. 우리의 이동이 차별적으로 경험되는 것은 건조 환경이 이미 대단히 차별적으로 만들어져 있기 때문인데, 건조 환경의 기획자들이 상정한 좁은 범위의 '정상적'인 신체들은 자신들의 '자연스러운' 움직임이 특권적이라는 사실을 인식하지 못한 채 차별적인 구조를 자연화하고, 그것을 유지하거나 강화하는 데 가담하게 된다는 것이지요.

위에서 말한 비셀의 글 중에 대중교통 공간에서 사람들이 '서로 다르게 이동한다'는 점에 착안한 논문이 있어요. 대중교통 이용에서 사람들의 이동이 차별적으로 경험된다는 것은 장애의 지리학이나 페미니스트 지리학에서 장애나 젠더를 렌즈로 해서 쟁점화해온 사실인데, 비셀은 그러한 비판적 관점을 이어받으면서도 '움직이는 보철물'이라는 개념에 초점을 맞춰 그 차이를 이해하려고 시도합니다. 영국의 대형 철도역에서 이루어진 현장 조사와 인터뷰를 바탕으로 한

이 논문에서 역의 이용자나 승객은 '짐과 함께 이동하는 신체', '유동하는 보철물' 등 특정한 신체-물체의 배치로 개념화됩니다. 이 개념 안에 휠체어와 함께 이동하는 승객과 저도 종종 그렇게 되곤 하는 커다란 짐을 든 승객이 포함되는 것이고요. 저자는 보철물로서 역을 통과하는 것이 승객의 이동에 어떤 영향을 미치는가(주로 능력을 제한하는가)라는 관찰뿐만 아니라 이러한 특수한 결합이 동시에 역의 기획자들이 의도하지 않거나 예기치 못한 이동성을 창조할 수 있음을 보여주는 데까지 나아가는데요. 물론 장애나 젠더의 렌즈와 달리 차별적 경험에 있어 경험하는 신체에 쌓여온 시간성을 그 분석 수준에 포함시키지 못한다는 한계가 있겠습니다만 저는 이런 접근 또한 매우 중요하다는 생각이 들었습니다. 우리의 이동에 관여하는 건조 환경이, 어떤 특수하고 '일시적인' 신체 개념을 기준으로 한 기술적 차원에 따라 설계되었음을 드러내준다는 점에서 말이지요.

또 한 가지 덧붙이고 싶은 것은 설계자가 아닌 우리에게 교통 환경을 '수정'할 능력이 있다는 사실을 섬세하게 인지할 필요가 있지 않을까 하는 의견인데요. 직접 현장에 가지는 못해도 요즘 전장연의 '출근길 지하철 탑니다' 시위에 관심을 갖고 있습니다. 아마 작년 봄이었던 것 같아요. 이준석이 전장연을 저격하면서 SNS상에서 뜨거운 화두가 된 적이 있었죠. 그때 트위터에서 한 한국어 사용자가 일본 도시 철도의 사례를 가지고 온 적이 있었어요. 휠체어를 탄 승객이 있으면 역무원이 안전발판을 가져와서 개찰구부터 승강장까지 동행해 그들의 승하차를 돕는다는, 도쿄에서 7년째 살고 있는 저에게는 꽤 일상적인 풍경이 된 이야기였지요. 이것은 대체로 칭송(?)을 받았지만 한편으로는 '이것도 결국 근본적인 해결책이 아니지 않느냐. 일일이 사람이 와서 돕는다는 것은, 결국 노동력을 갈아넣어 땜빵하는 것이 아니냐'라는 의견도 나왔고, 이 또한 상당히 많이 RT가 되었습니다.

우연히 본 하나의 트윗을 가지고 과장해서는 안되겠지만 어쨌든 이런 회의론이 작게나마 존재한다고 했을 때, 저는 이 회의론의 근저에 있는 것으로 보이는 전제를 문제 삼아보게 됩니다. 거기에는 이렇게 '일일이' 이루어지는 미세한 대처로는 문제가 '근본적으로' 해결되지 않는다는 생각, 근본적인 변화는 인프라의 대개조와 이를 위한 거액의 예산 편성에서 찾아야 한다는 생각이 있지 않을까 합니다. 그러나 이런 관점은 자칫하면 새로운 교통계획이나 혁신적인 기술이 무언가 즉각적인 해결책을 내려줄 것이라는 과잉된 기대, 이런 '위로부터의' 변화 외의 중요한 요소들을 놓쳐버리는 방향으로 흘러갈 수도 있는 것 같아요. 물론 애초에 일본의 휠체어 승객에 대한 대응은 결코 역무원의 선의나 추가 노동에 의해 이루어지는 것이 아니라 이 것이야말로 시설이나 매뉴얼, 직원 교육 등 고정적인 요소들이 결합되어 있는 시스템이라는 점이, 제가 트 위터에서 본 의견에는 간과되어 있었고요. 그러나 그 것의 속성이 시스템이라고 해도, 혹은 시스템이기에 더욱 강조하고 싶은 것은 그것이 처음부터 주어져 있 는 것이 아니라 추가적으로 만들어나갈 수 있는 무엇 이라는 점과, 시스템은 한번 만들어놓으면 끝나는 게 아니라 매일 수행됨으로써만 유지된다는 점입니다.

작가님이 이 질문 주시면서 무용 공연의 이야기를 해주셨는데 개인적으로 작가님과 무용가분들의 대화 나 협업이 앞으로 어떤 이야기를 만들어나갈지 기대 가 큽니다. 그것은 제가 철도에 매개되는 이동을, 상 연이라는 메타포를 이용해 탐구했기 때문이기도 한 데요. 상연이라는 관점에서 우리의 '매일의 교통'이나 '매일의 이동'을 생각해보면, 역무원이 내려와서 훈련 된 몸짓으로 안전발판을 깔아주는 매번 반복되는 대 처는 '근본적인 해결'을 피하기 위한 노동력을 갈아 넣 는 임시방편이라기보다, 인프라는 물론 운행 시각표 나 운임 규칙 같은 이동을 매개하는 요소들과 무엇보 다 여러 승객들이 함께 만들어나가는 이 상연에 앞으 로 어떻게 추가해야 할지를 고민해야 할, 새로운 악보

나 안무가 됩니다.

교통에 대한 상연이라는 메타포는 또한 이런 생각으로 저를 데려다주는 것 같습니다. 하나는 우리=승객이라는 퍼포머가 이 상연을 바꿀 수 있는 중요한 요소임을 인식하게 되는 곳으로요. 얼마 전 도쿄와 서울에서 휠체어 사용자들의 실제 이동 과정을 따라가며, 장애인 이동권의 실태를 비교한 한 대학신문의 기사를 봤습니다. 조사가 충실했는데, 마지막에 "사람이 변해야 한다"며 사회적 인식의 변화가 중요하다고 강조하더라고요. 물론 '인식의 변화'는 사실 가장 실현하기 어렵고 시간이 오래 걸리는 목표입니다. 이건 5개년 계획 같은 청사진을 제시할 수도 없고요. 하지만 저는 교통을 둘러싼 문제는 전문가가 가져오는 해결법에 의해서만 풀리는 것이 아니라, 우리가 계속해서 참가해야 하는 아주 지난한 작업이란 점을 보다 더 확실히 해나가야 한다는 생각이 들어요.

또 하나는 작가님이 에세이집에서 지옥철은 사회의 유지를 위한 픽션이라는 표현도 쓰셨지만, 결국 매일 이루어지는 교통이라는 게 되게 기적적인 픽션이잖아요? 지하철이 지연 없이 제시간에 움직이는 것은 너무나 당연하게, 해가 뜨고 지는 것처럼 여겨지지만, 사실 이동과 시간 엄수에 대한 사회적 믿음과 물리적인 구현이 겹겹이 쌓여 자연화된 것인데, 상연이나 픽

선이라는 메타포를 통해 그것이 매번 협력적으로 구축되어 온 것이며 따라서 변화할 수 있는 가능성도 지니고 있다는 측면을 부각시킬 수 있지 않을까 싶습니다. 전장연 시위를 욕하는 사람들이 '일반 시민의 이동이 방해받는다'고 하잖아요. 그런데 방해받지 않는다고 여겨졌던 '매끄러운' 그 상황이 얼마나 인위적인지, '일반' 시민이 처음부터 주어진 당연한 카테고리가 아니라 이러한 일상적 이동 환경을 통해 구성된 개념인지를 논하는 데 있어, 이 메타포를 활용해나갈 수 있을거란 생각이 들어요.

3

단순하지만 답하기 어려운 질문을 하겠습니다. 평소에 단편소설을 어느 정도 읽으시나요. 단편소설이 독립된 예술 장르로서 기능이 있다고 생각하시나요? 이 책도 단편소설집인데요, 저는 최근 단편소설을 쓸 때마다 생각합니다. 문학계와 출판계가 만들어놓은 시스템이 아니라면 단편소설이라는 장르가 지금의 형태로 유지될 수 있을까? 이건 어쩌면 대부분의 예술에도 똑같이 통용되는 말일 수도 있습니다. 그럼에도 불구하고 이런 질문을 하는 건 단편소설의 형태나 유통, 창작이 유독 억지스럽게 느껴지기 때문입니다. 10년 차 이상, 10년 차 이하 작가들을 나누고 상을 주고 그걸 앤솔러지로 발간하는 형태도 그렇습니다.

어쩌면 그렇게 하기 위해서 단편소설은 존재하는 걸까요. 이건 학계의 요구인가요, 독자의 요구인가요, 출판사의 상업적인 수단인가요.

제 질문이 공격적으로 느껴질지도 모르겠습니다. 어쩌면 제 자신이 단편소설의 팬이고 즐겨 읽기 때문에 이런 질문을 하는지도 모릅니다. 정말 우리가 단편이라는 소설 형태를 즐기고 있을까요. 여기에서 어떤 매력을 느낄 수 있을까요.

저는 단편소설을 포함해 문학 작품을 많이 읽지 않기 때문에 이 질문은 무척 흥미롭게 다가왔습니다. 왜냐하면 작가님은 단편소설의 생산, 소비 양쪽에서의 왕성한 실천자인데 저는 그 세계에서 없어도 빈자리가 안 보이는 사람이니까요. 일단 이야기는 한국어 문예지에서 생산되는 한국어 단편소설로 좁히기로 하지요. 이 질문은 저 같은 문외한이 작가님께 단편소설을 즐기는 법과 추천 작품을 묻는 형태로 이루어지는 것이 보통인데 지금은 뒤집혀 있고, '도대체 이게 다 무엇으로 보이느냐'라는 뜻으로도 읽혀 재미있습니다. 동시에 헛소리를 쓰게 될까 봐 걱정도 되고요.

제가 단편소설을 거의 읽지 않는 것은 그것이 다른 예술 혹은 문화적 생산물에 비해 재미가 없다거나 매력이 부족하다거나 깨달음을 주지 않기 때문은 아닙니다. 저는 시도 읽지 않고, 영화도 드라마도 잘 보지 않습니다. 전시회나 음악회에 대해서는 작가님의 에세이 중에 영화관과 미술관을 '비공식적인 공공 생활'이 향유되는 제3의 공간으로 논하신 글이 있잖아요, 그거랑 비슷합니다. 작품 그 자체보다 특정한 공간적 환경 속에서 맺어지는 관계나 행위의 연속, 즉, 사람들을 관찰하는 일을 더 즐기는 것 같다고 할까요. 아무튼 그렇기 때문에 단편소설이 다른 장르에 비해서 재미나 매력이 없다, 이런 식의 이야기는 애초에 할 수가 없을 것 같습니다. 다만 언젠가 제대로 만날 '때'가 오지 않을까 하는 기대는 있습니다. 시에 대해서도 늘 그렇게 생각하고요.

단편소설이 지금과 같은 형태로 존재하는 근거가 그것을 순환시키는 시스템에 있는 것 같다는 의심은 타당하다고 생각합니다. 이런 표현을 쓰진 않으셨지만 굳이 극단적으로 표현해보자면, 작품을 위해 시스템이 존재하는 것이 아니라 시스템을 유지하기 위해 단편소설이 주입되는 연료처럼 보이는 순간이 있는 게 아닐까 싶어요. 단편소설의 스타일과 소재, 내용마저 바로 이 유통 과정에 적합한 형태로 규격화된 것이 아닐까 하는…… 다만 그것의 형태와 생산, 유통 등이 '유독' 억지스럽게 보이는 것은 작가님이 그 장 안에 계신다는 점, 그 움직임을 생산하는 주체이자 가장 가까이에서 보는 관찰자라는 점이 작용하는 게 아닐까 생각합니다. 여기서 장은 부르디외가 말하는 '사회 공간'과 '장'에서의 그 장, 즉 특수한 이해관심과 내기물, 게임의 규칙, 역사를 공유하는 정치 장이라든가 사회학자들의 장이라든가 미술 장이라든가 하는, 각각 다른 자원을 두고 다투는 상대적으로 자율적인 소우주를 말하는데요. 한국 문학출판 장이 유독 특수하게 이상한 상태일 가능성과 함께, 자신도 그 일부로 해서 형성되어 가는 세계를 반성적, 메타적으로 인지할 때 '유독' 이상해 보일 가능성 두 가지가 있을 것 같아요. 후자와 관련해서 저는 제가 그 안에 속해 있는 일본의 인문사회과학 학술 장을 생각할 때 그런 게 있거든요. 제가 그 안에 있다는 것은 이곳의 게임의 규칙과 추구하는 가치, 이 장에서 부과하는 특정한 투쟁 형식을 수용하고 있다는 것인데, 그것을 받아들이며 쩔쩔맬 정도로 노력하는 한편, 얻으려고 몰두하던 경쟁적인 자원이 이 작은 세계에서만 통용되는, 딱 한 발짝 나가면 망국의 화폐만큼도 가치가 없다는 것을 깨달을 때 약간의 현타와 함께 제가 싸우는 이 무대가 '유독' 어색하게 느껴지는 거죠. 좀 더 와닿을 법한 예를 들자면, 논문이 다른 무엇보다 '평가를 내리고 받기 위해서' 존재하고 '점수 매겨지기 위해' 쓰인다고 느껴질 때가 있답니다.

다시 단편소설 이야기로 돌아오면, 1년 반 전, 특

정 사회현상에 대한 상상력을 살펴보기 위해 최근의 한국 단편소설을 여러 편 찾아 읽었던 적이 있는데요. 제가 목적을 가지고 접근한 문제도 있겠지만 어떤 작품들에게서 자기소개서, 혹은 포트폴리오의 일부를 읽는 것 같다는 인상을 받은 기억이 있습니다. 다시 말해 어떤 소설들이, 문학 장 안에서 어떤 사람들에게 읽히거나 평가받고, 어떤 식으로 나아가고 싶다라는, 작가와 장 사이의 커뮤니케이션으로서 읽히는 부분이 있었는데요. 또 한편으로는 신인의 등장과 그 경향, 문학상의 수여, 누군가의 신작, 그것들이 소개되는 지면, 기획되는 앤솔러지, 작가와 작품에 대한 평가, 심지어 독자 반응까지, 문학 장 안에 있는 사람들은 이런 것들에 대해 항상 어느 정도 예상된 결과를 받아들이고 있는 게 아닐까 하는 의구심도 있습니다. 이런 걸 뭐라고 해야 할까요. 장 자체의 완결화? 전문화나 고도화? 이 세계에 참여하고 있는 사람들은 평균적으로 더 똑똑해지고 개별적인 결정들은 더 타당하며 규칙이나 기회는 더욱 공정해지고 빈틈이나 문제는 적어지고 있는 것 같은데, 그러나 바로 이와 같은 완성도 있고 안전한 세계에서 한 작품으로 인한 우연한 도약이나 폭발, 말로 잘 설명되지 않는 놀라운 순간이 자리할 여지는 점점 더 줄어드는 게 아닐까 합니다.

그럼에도 불구하고 잊지 말아야 할 사실은 시스템

또한 사람이 만들어나가는 것이고 언제나 구체적인 행위의 의해 구조화되어 간다는 점인 것 같습니다. 그리고 다음 질문에 대한 답변에서 반복되는 입장이겠지만, 결국 언제나 매우 구체적인 시도, 구체적인 사례로부터 시작할 수밖에 없다는 생각이 들어요. 작가님은 이 장의 왕성한 실천자이자 메타적인 관찰자로서, 시스템과 작품의 순환에 대해 의문을 갖게 되는 순간만큼이나 작가님 스스로 혹은 동료들이 의문을 던지는 시도들이나 그런 가능성에 대해서 저보다 훨씬 더 많이 알고 계시리라 생각해요. 저는 그 시도들을 하나하나 소중히 하고 더 늘려갈 수 있다면 좋겠습니다. 아마 여기에는 '관심'이라는 자원이 관여할 것 같고요. 저도 머지않아 단편소설의 세계와 만나고, 제 인상비평이 과도했음을 반성하게 되기를 바랍니다.

4

은별 씨의 에세이에서 "내가 작가가 되고 싶다고 말하는 것의 의미는, '연구자가 아닌 나'를 품고 살아야 한다는 것이다"라는 부분을 인상적으로 읽었습니다. 이어지는 내용을 제 식대로 이해한다면 은별 씨에게 작가는 자신이 사회나 외부 대상에 행하는 관찰을 다시 관찰할 수 있는 능력을 가진 사람인 듯합니다. 니클라스 루만이 지성을 스스로를 관찰할 수 있는 능력, 서로 다른 관찰을 비교할 수 있는 능력, 다시 말해 관찰의 관찰을 할 수 있는 능력이라고 정의한 사실이 떠오르기도 합니다.

저 또한 작가란 무엇보다 그래야 한다고 생각합니다. 다만 염려되는 마음은 있습니다. 메타적이라고도 할 수 있는 이러한 태도가 성찰이나 반성과 같이 틀에 박힌 자기만족적 행위로 귀결되거나 끊임없이 중립을 가장하며 모든 사안에 거리를 두는 일종의 변명이 될 수 있기 때문입니다. 작가적 태도가 현실에서 가능하려면 어떻게 해야 하는 걸까요. 여기에 일관된 방법이 있을 수 있을까요. 최소한 사람들을 설득할 수 있는 힘을 지니려면 어떻게 해야 할까요. 답이 없는 질문이라는 생각도 들지만 은별 씨의 생각을 듣고 싶습니다.

사실 전 그 글에 대해서 아직까지도 부끄러움과 때로는 괴로움마저 느낍니다. 이유는 여러 가지가 있고 그중 하나가 질문의 후반에 묘사하신 우려와 관련이 되는데요. 제가 강조한 작가적 태도는 일종의 자기 변명이기도 했기 때문입니다. 그 글이 실린 책(『연구자의 탄생』)을 읽고 어떤 분이 '연구하는 나'에 대한 이야기 말고, 연구 대상 그 자체에 대한 이야기가 더 많았으면 좋았을 거라는 말을 해주신 적이 있어요. 제가 변명한 게 그거였던 것 같다는 생각이 줄곧 있었습니다. 이 원고를 쓸 때 내 연구를 충분히 심화시키지 못했었고, 대상을 더 잘 알기 위해, 혹은 내가 어떤 문제를 설

정하기 위해, 그 문제를 더 잘 풀어나가기 위해 어떤 노력을 했는지 쓸 수 있는 자원이 없었구나, 그래서 길게 태도 타령을 했구나. 가령 어떤 소설가가 소설은 거의 쓰지 않고 '소설 쓰는 일'에 대해서만 쓴다면 그렇게 좋아 보이지 않을 텐데, 내가 그런 건 아닐까 하고요. 그때는 아직 박사 논문을 구상하던 시기라 그랬다는 변명을 할 수 있겠는데, 논문을 거의 다 쓴 지금도 제가 좀 더 잘 알게 된 건 저라는 인간 하나뿐인 것 같아서 좀 허탈합니다. 이것도 물론 대단히 중요한 일이긴 합니다만……

그렇다고 여기서 또 반성하거나 변명을 하면 안 될 것 같아요. 이건 누구보다 제가 저한테 하는 말인데요. 반성적인 태도를 과도하게 만들지 않는 길은 그 메타적인 시선을 활성화시키는 만큼 혹은 그보다 더 많은 시간, 혹은 그보다 '우선적으로' 자신의 일로써 세상에 개입하는 것, 직접적으로 나에게 달려 있는 문제, 구체적이며 작은 문제들에 몰두하고 집중하고 자주 시도하고 성공적이든 아니든 결과를 내는 것, 그리고 그와 같은 노력을 계속하는 일뿐이라고 생각합니다. 앞의 질문에 대한 답을 쓰다가 부르디외의 책을 뒤졌는데, 로제 샤르티에와의 대담집 『사회학자와 역사학자』에 이런 말이 나와 있네요.

제가 보기에 메시아적 희망은 변혁의 가장 큰 장애물 가운데 하나입니다. 우리는 이런 메시아적 환상을 합리적 희망들로 대체해야 합니다. 적절한 수준의, 매우 이성적인, 어떻게 보면 온건한 희망들 말입니다. 이런 종류의 희망은 자주 개량적이거나 타협적이라는 불신에 시달리지만, 실제로는 아주 급진적인 형식 속에서 모습을 드러냅니다. 만일 모든 지식인이 자신이 속한 공간에서 투명성을 조금씩 늘려가고 자기기만을 조금씩 줄여갈 수 있다면, 이런 노력만 있더라도 엄청난 변화가 아닐까 합니다. 아주 간단한 조치부터 시도하는 겁니다. 일례로 여론조사의 올바른 활용을 위해 법률가, 사회학자 등으로 구성된 법적 위원회를 설치할 수 있겠죠.*****

요즘의 제겐 이런 지적들이 깊게 와닿는 것 같습니다. 우선은 자신에게 달려 있는, 손에 닿는 문제들을, 지나치게 반성적이거나 시니컬한 태도가 되지 않도록 경계하면서 조금씩 풀어나가자는 이야기 말이지요. "설득할 수 있는 힘"이라는 표현을 써주셨는데 인

***** 피에르 부르디외·로제 샤르티에, 『사회학자와 역사학자』. 이상길·배세진 옮김, 킹콩북, 2019.

내심을 가지고 지속하는 것만이 설득력을 담보할 수 있을 것 같아요. 여기에 한 가지 덧붙이자면 제가 쓴 작가라는 표현도 그렇고 무언가를 쓰는 일, 기록하고 묘사하고 분석하는 일이 얼마나 물질적이고 구체적인 일인지, 세상에 개입하는 행위인지 비교적 최근에서야 진지하게 생각하게 된 것 같아요. 이 행위는 표상을 바꾸거나 만들어내고, 또한 직접적으로는 아니겠지만 시간적인 과정의 일부로서, 그리고 이미 끝난 줄 알았던, 사라진 줄 알았던 것들을 다시 불러일으키고 새롭게 연결함으로써, 명백히 세상을 바꾸거나 만드는 행위에 참여하고 있다는 자각과 책임감 말이지요. 언급하신 글을 쓸 때도 그렇고 한국에서 기자 일을 할 때도 회의감이 많았는데 최근에는 책임감 쪽에 더 많은 무게를 두게 됩니다. 다만 한 사람이 할 수 있는 일은 생각보다 정말 작은 일인 것 같고(이걸 잘 가늠하는 게 중요하고) 또 자신이 하고 있는 일이 어떤 연결을 만들어내고 있는지 관찰하는 반성적인 감각이 동시에 중요한 것 같아요.

작가님은 작품 안 그리고 바깥에서 이 반성적 감각을 기입하는, 또 쓰기와 쓰는 나를 관찰하는 두 가지 과정이 결코 분리될 수 없음을 이야기하는 작가 중 하나라고 생각해요. 이미 그렇게 하고 계시기 때문에, 세 번째 질문과 이 질문에 대한 답변은 작가님께 드리는 답변이라기보다는 일종의 자기 다짐으로서 이어지는 듯합니다만, 말하자면 '길 찾는 사람'이면서 '지도 읽는 사람'이기가, 제게 계속되는 테마인 것 같습니다.

5

도쿄 맛집 추천 부탁드립니다. 산책로도요!

2021년 11월 말 도쿄도 정원미술관에서 전시를 보고 나서 '프라치나 거리'를 따라 히로오 역 인근의 아리스가와노미야 기념 공원까지 산책을 한 적이 있습니다. 그러고 나서 에비스 방면으로 조금 걷다 보면 나오는 'Ta-im'이라는 자그마한 이스라엘 요리점에서 아주 만족스러운 식사를 했습니다. 이날은 여러 가지가 신기하고 멋지게 맞아떨어져서 아주 오래 기억에 남는 하루였는데요. 이 코스 전체를 추천합니다. 이유는요. 이때 걷다가, 정확히는 프라치나 거리의 한 편집숍을 나오면서 왜인지 지돈 씨가 생각났거든요. 어딘가에 갔을 때 구체적인 인물을 떠올리며 '이거 누구 씨가 좋아하겠다' 싶은 생각이 드는 경험이 가끔 있는데 이날은 지돈 씨였어요. 그래서 지돈 씨를 모르는 같이 있던 사람에게 얘기하기까지 했거든요. 뭔가 그 거리에 제가 생각하는 정지돈스러움이 있었던 것이지요.

제가 먼저 상상 속에서 그려본 작가님의 산책을 언젠가 꼭 실현시켜 주세요. 그게 황당한지 설득력 있는지 의외성이 있는지 아니면 뻔해서 재미없는지 등등, 나중에 꼭 직접 걸어보고 말해주시면 감사하겠습니다.

(그리고 다른 날 다른 용건으로 지나다가 알게 되었는데, 아리스가와노미야 공원 앞 골목에 숨어 있는 Nem이라는 카페의 커피가 아주 맛있습니다.)

지돈 작가님께

안녕하세요. 지돈 작가님, 먼저 좋은 작품을 써주셔서, 그리고 즐거운 작업 기회를 주셔서 감사드립니다. 몇 가지 시간이 중첩된 이 대화는 저에게도 낯설게 느껴지는데요. 교정지를 보면서 작가님 답변에 리플을 달 뻔했어요. 아무튼 재밌는 통신의 경험입니다.

　　이 책에 실린 작품 중 일부는 이미 다른 지면에 발표하셨을 때부터 읽었는데, 이전의 에세이집에서도 드러났던 움직임이나 이동성에 대한 관심이 이어지고 있다는 점에서 특히 더 흥미로웠던 기억이 있습니다.

　　보내주신 네 편의 작품을 읽고, 이것들이 복수의 시간대와 장소들, 사건들, 사람들, 기억들, 기록으로 확인할 수 있는 것들과 그렇게 남지는 않았지만 상상하거나 추측할 수 있는 것들이 서로 '연결되는 방식'에 대한 묘사라고 느꼈습니다.

　　그리고 이렇게 소설들이 제게 보여주는 것이 서로 관계 맺는 방식이라는 점에서 이 책의 주인공(?)을 '모빌리티'라는 키워드로 나타낼 수 있다고 생각하고요. 피터 애디는 『모빌리티 이론』의 머리말에서 로이스 맥네이의 말을 빌려 모빌리티를 '체험된 관계'로 간주하겠다고, 그것은 자신을, 남을, 세계를 향한 지향이다, 이렇게 표현했는데요.

　　그러니까 모빌리티란, 거리, 즉 멀고 가까움을 만들어내는 것과 관련된 단어라는 것이지요. 물리적으로는 꽤 멀리 떨어져 있지만, 이렇게 서신을 통해 거리를 좁히게 되는 일도 거기에 포함될 수 있겠고요.

1

사물들, 인물들, 생각들, 꿈들 사이의 길을 놓아가는 작업에서 중요하게 여겨지는 관계 맺기 형식이 우정이라는 형식이었던 것 같아요. 작가님의 글에서 종종 등장했거나 단지 제가 중요하게 느끼곤 했던 키워드 중 하나가 우정인데요.

이건 물론 작품이 우정을 옹호한다는 얘기는 아니고요. 말하자면 뭔가에 접근할 때 '친구가 될 수 있는가 아닌가'의 문제가 개입한다는 것을, 결코 피하거나 숨겨야 할 것으로 보지 않는 태도에 대한 얘기라고 할까요.

어쨌든 이 작품들에는 ('따뜻하기'만 한 것은 아닌, 배신과 불신과 실수가 섞여드는) 우정을 나눈 다양한 사람들의 관계를 떠올리게 하는 측면이 있었습니다. 그런데 또 한편으로는 그와 반대라고 할 수 있는, 이러한 '누군가의 지향', '어딘가로 향하려는 의도'를 적극적으로 없애려는 태도, 연결과 이동의 원리를 자의성, 랜덤, 가챠에 맡기려는 실험도 동시에 이루어지고 있었다고 생각되는데요.

이 서신의 시작은 어쩐지, 제가 해설 원고에서 방기하다시피 한 작품들에 대한 해석이랄까 덧붙임의 제시가 되었는데요. 이 '우정과 랜덤의 모빌리티'라는 저의 '덧붙임'에 대해 어떤 식으로든 이야기를 '덧붙여' 주신다면 감사하겠습니다.

철학자 브라이언 캔트웰 스미스는 "거리감은 그것을 향한 행위가 없는 것"*이라고 정의합니다. 우리는 낯선 사람들로 가득한 파티에선 바로 옆에 사람이 있어도 거리감을 느끼지만, 수천 킬로미터 떨어진 친구나 연인, 가족과 연락을 주고받을 땐 곁에 있는 것 같은 기분을 느끼잖아요. 반면 독일의 시인 에리히 캐스트너는 "사랑은 지리로 인해 죽어버린다"**고 말했습니다. 몸에서 멀어지면 마음에서도 멀어진다는 흔한 말도 있고요.

이때의 사랑을 우정으로 치환하고 거리감을 모빌리티로 치환해서 생각해보는 것도 재미있을 듯합니다. 저에게 우정은 매번 상상적이었던 거 같아요. 물리적으로 가깝거나 먼 것도 중요하지만, 제게는 가상적으로 또는 현실적으로 일어나는 어떤 대화와 생각의 이동이 중요했던 것 같습니다. 이렇게 말하면 신체는 무의미한 것처럼 여겨질 수도 있지만 그렇게 생각하진 않습니다. 이동 수단 역시 마찬가지인데요, 어떤 의미에서 전화나 인터넷은 저에게 이동 수단 같기도 해요. 모빌리티의 개념을 무분별하게 넓혔다고 학자분

---

*   앤디 클라, 『내추럴-본 사이보그』, 신상규 옮김, 아카넷, 2015.
**   울리히 벡·엘리자베트 벡 게른스하임, 『장거리 사랑』, 이재원·홍찬숙 옮김, 새물결, 2012.

들에게 혼날지도 모르지만.

은별 씨가 말씀해주신 랜덤은 지리로 인해 죽어버리
릴 수 있는 우정 또는 사랑을 되살릴 수 있는 요소인
것 같습니다. 우리는 현대의 이동 수단을 통해 멀리 있
는 상대와도 교류할 수 있지만, 상호 교류는 그 공간
적, 시간적 거리감의 삭제로 인해 질식할 것 같은 답답
함을 주기도 합니다. 세계의 넓이를 축소시켜 버린다
고 할까요. 이때 지향이나 의도, 회로를 끊고 랜덤하게
연결되는 게 확장의 계기가 되는 것 같아요.

2

"매번 소 잃고 외양간 고치는 식으로 대응할 수밖에 없는 거
지." 「지금은 영웅이 행동할 시간이다」에 나오는 이 문장에서,
인류학자 제임스 스콧이 르 코르뷔지에와 제인 제이콥스를, 레
닌과 로자 룩셈부르크를 대비시켰던 서술을 떠올렸습니다.

르 코르뷔지에로 대표되는 하이 모더니스트들에게 도시는
"인간의 활동을 명확하게 정의한 단일 목적에 일치시키는" 단
순한 형태의 목적지향적 계획과 그 달성을 이상으로 하는 것이
었지만, 제인 제이콥스에게는 "사회 유기체로서 끊임없이 변화
하고 놀라움이 솟아나는 생명체 같은 조직"이었습니다.*** 스
콧의 관찰에서 이것은 사회주의 혁명을 둘러싼 레닌과 룩셈부
르크의 관점 차이와 겹쳐지는데요. 레닌에게 혁명은 반드시 도

달해야 할 결말이고 프롤레타리아는 그 결말에 맞추어 동원해야 할 대상이었다면, 룩셈부르크에게 혁명은 살아 있는 과정이었으며 그 과정에 있어 프롤레타리아의 자발적 창조성과 즉흥적 대처들의 힘에 비교적 신뢰를 가졌습니다. 이러한 설명이 제게는 두 개의 시간의 대립으로 읽혔는데요. 그러니까 레닌의 혁명에서는 혁명이라는 정해진 결말에서 '역산된' 시간이 있는 것이고, 룩셈부르크의 혁명에서는 말하자면 '소 잃고 외양간 고치는' 시간, '사후약방문'의 시간이 있다는 것이지요.

그런데 스콧의 책을 함께 읽은 동료 중 하나가 제이콥스나 룩셈부르크 같은 생각을 가진 사람이 계획가나 지도자의 권력을 갖게 된다면 어땠을까?라는 흥미로운 질문을 하더군요. 이 책의 부제는 "왜 국가는 계획에 실패하는가"였는데, 역사 속에서 하이 모더니스트들이 실패한 건지, 아니면 제이콥스나 룩셈부르크 같은 질서의 논리로 일관한다 하더라도 국가의 미래 계획 그 자체가 반드시 실패할 수밖에 없는 것인지도 논점이 되었고요. 한편, 상황주의자 기 드보르는 초현실주의자들의 활동을 실패라고 간주하면서 그들이 "우연성의 한계를 충분히 숙지하지 못했음을, 더 나아가 그것이 오히려 역행적으로 활용되고 있다는 점을 충분히 숙지하지 못했음"****을 단호하게 비난했다

*** 제임스 C. 스콧, 『국가처럼 보기』, 전상인 옮김, 에코리브르, 2010.

고 해요. 요는 이렇습니다.

(작가님의 생활이나 활동 영역 내에 한해서) 우연성, 즉흥성, 불확정성, 사후약방문적 시간의 한계는 무엇일까요? 혹은 그것을 어떻게 인식하고 돌파해야 할까요?

아. 이건 정말 제가 예전부터 생각했던 문제의식과 통하는 면이 있습니다. 제 등단작인 「눈먼 부엉이」에 "문학이 세계를 구원할 수 있다고 믿나요?"라는 질문이 나오는데요, 사실 이 질문은 질문이라기보다 의지 또는 어떤 태도를 의미하고 있습니다. 이런 답이 없는 질문을 던지며 특정 태도를 밀어붙이는 사람은 레닌의 시간을 살고 있는 것이고, 이 질문이 결국 문학과 구원의 문제를 연결하면서 의도를 통해 그곳에 이를 수 있다고 믿는 의지를 뜻하기 때문에 귀결은 권위적인 종류의 실패일 수밖에 없다며 거부하는 사람은 로자 룩셈부르크의 시간을 살고 있는 거라고 할 수 있습니다. 소설 속에서는 '장'이라는 인물과 화자인 '나'가 두 태도 사이에서 대립합니다. 장은 기 드보르의 입장에 가까운 사람이라고 할 수 있을 것 같습니다.

**** 도린 매시, 『공간을 위하여』, 박경환·이영민·이용균 옮김, 심산, 2016.

홍미로웠던 건 이 소설을 본 많은 독자분들이 이러한 대립보다는 "문학이 세계를 구원할 수 있다고 믿나요?"라는 질문 자체에 감응한다는 사실이었습니다. 이 질문의 진정성, 순정에 감동했다는 분들도 있었고, 저를 진정한 문학주의자로 생각하는 분들도 있습니다. 어떤 면에서는 맞는 말이기도 합니다. 하지만 저는 문학을 읽는 사람들은 왜 여기에서 감응하고 움직이는지, 문학이 이러한 사람들의 감정을 이용해서 실패에 이르게 되는 그 과정을 낭만화하는 것만 반복했던 것은 아닌지 의심이 듭니다. 그래서 우연성이나 사후 약방문적 시간을 제 작품에서 점점 더 생각하게 됐던 것 같습니다.

질문에 대한 답은 너무 어렵지만…… 우리는 결국 두 시간을 오갈 수밖에 없다는 생각이 들어요. 다만 중요한 건 우연성의 시간이 존재하지 않으면 새로운 필연성의 근거를 찾아낼 수 없다는 사실입니다. 레닌의 시간은 소진되었고 그렇다면 우리는 길고 지루하고 역행적으로 활용되고 나이브하게 소비되는 룩셈부르크의 시간 속을 헤매고 다녀야 할 수밖에 없지 않을까요. 이 상황을 견디지 못하고 목적지향적 계획이 계속 가능하다고 주장하는 것은 기만이거나 무분별한 폭력이라고 생각합니다. 기회는 헤맴 속에서 어느 순간 우리에게 도래한다고 믿을 수밖에 없을 것 같아요. 전적으로 우연히요. 다만 언제나 그렇듯 그 순간 기회는 역사적 필연으로 느껴질 것 같습니다. 핀란드 역에 도착한 레닌처럼요. 물론 그 기회 역시 실패로 끝나지 않을 거라는 보장은 없습니다만.

3

영문학자 캐롤라인 레빈은 문학작품과 사회, 정치를 아울러 '형식'의 렌즈로 분석한 『형식들』이라는 책에서 결혼, 보험 정책, 축구 경기, 부서 회의, 운송 경로, 자유민주주의, 인종차별, 슈퍼마켓에 이르는 다양한 '제도'가 지역적이고 특수한 상태에 머물지 않고 다양한 공간으로, 또 시대를 넘어 놀랍게 퍼져나가는가에 대해, 제도가 이동성을 내포하기 때문이라는 설명을 내놨습니다. 이 설명에서 든 예는 감옥에서 만들어진 징벌 전략이 왜 군대로, 학교로, 공장으로 퍼져나갔는가라는 문제였어요.

최근 출간하신 책의 한 꼭지에서 아파트 단지에서 보낸 유년 시절 기억과 모든 단지에서 느끼는 노스탤지어에 대해 쓰셨는데, 단지라는 형식의 편재성 또한 '쉽게 이동 가능했기에'라는 설명이 어울리는 것 같았고요. 저는 이런 묘사들을 보고 비이동적인 것, 사회학에서는 보통 행위자에 대비되는 '구조'에 해당하는 것이 움직일 수 있는 것으로 표현된다는 점이 흥미롭게 느껴졌습니다. 또 일본의 사회학 교과서에 '구조'와 인간의 행위 — 흔히 '자유의지'와 연결되는 — 를 대비시켜 설명하면서 흔히 방 안의 어떤 사람과 그 방의 구조의 예를 드는 경우가 종종 있었는데요. 올해 봄에 알게 된 사실인데, 독일어로 가구를 뜻하는 'Möbel'은 라틴어의 모빌리스mobilis, '움직일 수 있는 것'에서 왔다고 해요.

다소 억지가 중첩되어 있는 느낌입니다만, 보통은 바꿀 수 없는 것들 — 구조, 건축, 제도, 랑그, 이런 것들의 이동 가능성에 대한 이야기인데요, 작가님이 지금까지 탐구해오신 문제들과 관련해서 '부동적인 것들을 이동적으로 상상하는 것'이라는 전략이 지닌 가능성이 있을까요? 혹은 우리가 이런 것에 대해 생각할 때 어떤 세심함이 필요하다고 생각하시나요?

———————————————————

이동이 가장 자유롭게 빈번한 것이 바로 형식 또는 구조인 것 같습니다(제 이야기에서 단어나 개념이 엄격히 사용되지 않는 점은 양해해주세요). 특히 소설이나 영화를 보면 그런 생각이 많이 들어요. 사실상 중요한 건 이 예술들의 구조가 얼마나 복붙이 쉬운가 하는 것입니다. 그리고 더 확장하면 그것은 결국 언어의 본질적 특성 때문이라는 생각도 들어요. 물론 모든 국가의 언어는 그 디테일과 뉘앙스와 구조가 다르다고 할 수 있지만 인간의 언어가 문자와 숫자로 이루어진 기호라는 사실은 동일하고 그때 세계를 인식하는 방식이 형성되는 것 아닐까요. 그런 면에서 윌리엄 버로스가 "언어는 바이러스다"라고 말했을 때 이 바이러스는 우리 인간이 벗어날 수 없는 특정 인식 구조를 퍼뜨리는 존재라고 할 수 있는 듯합니다. 얼마 전에 에드워드 쇼터의 『정신의학의 역사』에서 흥미로운 부분을 봤는데요, 역사학자 에드워드 헤어가 정신분열증을 19세기에 새로 생긴 질병으로 정의했다는 내용이었습니다. 헤어는 당시 정신분열증자의 급증에 주목하며 이것이 바이러스에 의해 확산된 병이 아니었을까 하는 의문을 제기합니다. 물론 정식으로 인정받진 못했습니다. 그런데 그런 생각이 갑자기 들었어요. 헤어가 정신분열증이 확산된 시기라고 하는 것은 프리드리히 키틀러가 정의한 기록시스템 1800의 독점이 이루어진 때가 아닌가 하는 거죠. 결국 구조를 운반하는 바이러스로서의 언어가 미디어 시스템의 독점을 통해 정신 구조를 이동 확산시킨 거라는, 저만의 상상을 해봤습니다.

쓰고 나니 은별 씨가 말한 세심함보다는 비약이 눈에 띄는 것 같네요. 그렇지만 동시대는 어느 때보다 이러한 구조 또는 형식이 빠르게 이동하는 시기인 것 같습니다. 이런 현상이 어떻게 발현될지에 대해 생각하는 건 말씀하신 세심함이 필요한 듯합니다. 코로나19의 수많은 변이가 생겼듯, 구조-바이러스 역시 그 변이의 종류를 가늠하기 쉽지 않을 것 같아요.

2022년 여름 『…스크롤!』 북토크 때 인상적이었던 이야기 중 하나가 — 제가 전혀 엉뚱하게 기억하고 있을지도 모르겠지만 그 엉뚱한 기억의 덧붙임도 바로잡아야 할 오해가 아니라 우리가 출발할 수 있는 조금 다른 장소라고 감안한다면 — 소설의 일부 서술이 마치 1인칭 게임의 시선 같았다는 이상우 작가님의 의견에 대해서, 정지돈 작가님이 '등장인물에 "탄다"'라는 감각을 언급하셨던 것인데요.

이 소설집의 첫 번째 소설에서 직선적인 달리기 — 백인 남성성 — 자유의지에 대비적으로 제시된 이미지가 바르다의 휠체어로 이동하기 — 보철물과 함께 움직이기였다고 생각하는데요. 예컨대 이런 이미지가 그때 말씀하신 '탄다'와 연결될 수 있을까요? 우노 쓰네히로라는 일본의 비평가가 전후 일본 애니메이션의 로봇들은 로봇이 아니라 인간의 형상을 닮은 어떤 것이었으며 특히 마징가Z, 건담, 에반게리온은 '탈것'이었다는 지적을 한 적이 있는데요. 여기서 로봇의 정의는 '인공지능이 달린 자율적으로 움직이는 것'이고요. 사실 탈것으로서의 로봇 또한 "인물로서의 자아를 보통 그 사람의 몸, 특히 상체의 생체심리학적 인성에 뿌리박고 있는 요소"(어빙 고프먼)로 보는 일반적인 자아 모델과 그리 멀리 떨어져 있는 것 같지는 않습니다. 하지만 '탄다'에 '여럿이 우연히 함께 승객이 된다'라는 의미나(예컨대 "우리는 같은 배를 탄 사이야" 같은 관용적인 표현도 있지요) 언제든 '그 결합을 해제할 수 있음', '운전을 멈출 수 있음'이나 '내릴 수 있음'이라는 의미 또한 포함된다는 점을 생각해보면, 그 가능성이 확장될 수도 있을 듯합니다. 그러니까 여기서 문제는 인간이냐 비인간이냐가 아니라 피부나 표면으로 경계지어지는 하나의 개체로 귀속되는 자율성인가, 여러 가지 요소나 부품들의 결합(하이브리드)으로 나타나는 일시적인 효과인가가 되는 것 같은데요.

헐거운 전개로 빠질 수 있는 우려를 포함해, 우리가 소설을 읽을 때 갖는, 등장인물에 '타는 것'이라는 하나의 감각 방법에 대해 작가님의 생각을 말씀해주신다면요?

최근에 영화에 관한 어느 에세이에서 인용하기도 했는데요, 영화평론가 조너선 로젠바움이 쓴 장 뤽 고다르의 추모글이 떠오릅니다.

고다르가 내게 한 말 중에서 가장 지혜롭다고 생각한 것은 1980년에 처음 그를 인터뷰했을 때 한 말이 아닌가 한다. "사람들은 흔히 자신들을 역이나 터미널로 생각하지 결코 비행기나 기차로 생각하지는 않는 것 같아요. 그런데 나는 자신을 비행기로 생각하지 공항으로 생각하지는 않아요."

나는 그에게 물었다. "그렇다면 당신은 자신을 사람들이 다른 장소로 가기 위해 이용하는 존재로 생각하기를 바라는 것인가요?"

"맞아요."

고다르의 이 말을 들은 로젠바움은 영화 또는 텍스트를, 작가가 사람들을 작가 자신이 원하는 곳으로 데려가는 게 아니라, 사람들로 하여금 스스로 원하는 곳으로 갈 수 있게 해주는 운송 수단으로 해석합니다.

저는 맞는 해석이라고 생각하면서도, 다른 생각이 드는데요, 사실 인간을 탈것에 비유하는 건 가장 단순하게는 트랜스휴머니즘적 아이디어라고 생각해요. 신체와 정신이 필연적으로 연결된 게 아니라는 생각이죠. 동시에 자아, 나라는 존재가 이동 가능하다고 보는 것이기도 하고요. 또한 이러한 생각은 역사와 지리를 막론하고 세계 곳곳의 샤머니즘에서 보이는 생각이기도 합니다. 쉽게는 빙의 같은 것도 그렇고요. 그러니 고다르의 생각은 사실 그가 저작권법은 무시하고 인용을 하는 것처럼, 누구나 사회적으로, 법적으로 개인이 되지만 사실상 진짜 단독적인 개인 따위는 없다는 것을 은연중에 암시하는 거라고 생각합니다. 우리의 신체는 하나이지만, 정신적·문화적으로 우리는 늘 어딘가에 올라타고 운반되고 이동하고 함께 동승하곤 하는 거죠. 그런 의미에서 신체는 중요한 한계점이자 바운더리이고 존재의 근거이지만 그 너머를 생각하는 게 중요하다는 생각이 듭니다. 이 점이 바로 은별 씨가 말한 요소나 부품들의 결합인 것 같아요. 제가 소설에서 내용적으로 형식으로 추구하는 것도 이런 지점들이고요. 자아를 어떻게 해체하고 다시 결합할 것인가 하는 문제는 소설이라는 형식을 재결합하는 것과 연결됩니다. 그러기 위해선 먼저 우리가 언제나 무언가에 타고 있었다는 사실을, 그리고 그것을 갈아탈 수 있다는 사실을 깨달아야 하는 것 같아요. 하지만 기성의 예술들은 타고 있음을 부정하거나 망각하고 그저 자아를 공고히 하면서 가속페달만 밟는 듯합니다. 특히 그것이 타자와 약자를 이해한다는 식의 서사적 외피를 두를 때 저는 그 속도가 두렵게 느껴지는 것 같아요.

5

만일 작가님이 최종 결과물이 논문인 연구 계획서를 써야 한다면 어떤 주제를 택하시겠습니까?

아…… 저는 포기하겠습니다. 논문…….

6

추상적이고 곤란할 수도 있는 질문입니다. 새로운 기술이 새로운 글쓰기 혹은 새로운 움직임을 만들어낼 수 있을까요? 그 새로운 종류의 글쓰기와 새로운 종류의 움직임이 새로운 감각, 새로운 지능, 그리고 새로운 형태의 인간을 만들어낼 수 있을까요?

　　너무 크고 막연한 질문인 만큼 모든 단어의 정의나 한정은 작가님에게 맡깁니다. 혹은 질문을 축소하거나 고쳐서 또 다른 질문만을 남겨두는 우회 또한 기대되는 즐거움입니다.

새로운 기술은 언제나 새로운 글쓰기를 만들어냅니다. 다만 생각한 것만큼 새롭지 않을 뿐…….

땅거미 질 때 샌디에이고에서
로스앤젤레스로 운전하며
소형 디지털 녹음기에 구술한,
막연히 LA/운전 시들이라고
생각하는 작품들의 모음

초판 1쇄   2023년 3월 28일
초판 2쇄   2023년 5월 15일

지은이 정지돈
펴낸이 박진숙 | 펴낸곳 작가정신
편집 황민지 조용우 | 디자인 나영선
마케팅 김미숙 | 홍보 조윤선 | 디지털콘텐츠 김영란 | 재무 이수연
인쇄 및 제본 한영문화사

주소 (10881) 경기도 파주시 회동길 216 2층
대표전화 031-955-6230 | 팩스 031-955-6294
이메일 editor@jakka.co.kr | 블로그 blog.naver.com/jakkapub
페이스북 facebook.com/jakkajungsin
인스타그램 instagram.com/jakkajungsin
출판 등록 제406-2012-000021호

ISBN 979-11-6026-306-0 03810